*Classiques BL*

*Collection dirigée par M… …*
*Jean Jordy et Gérard Langlade*



# L'ODYSSÉE

## HOMÈRE

Traduction et activités
Isabelle Lejault

**BERTRAND-LACOSTE**
36 rue Saint-Germain-l'Auxerrois - 75001 PARIS

# SOMMAIRE

## Seconde partie : **activités**

# AVANT-PROPOS

Les programmes de français et d'histoire de la classe de 6e demandent que les élèves lisent et étudient des « textes issus de l'héritage antique ». Parmi les œuvres imposées figure l'*Odyssée* d'Homère.

Ce volume contient de larges extraits traduits de l'*Odyssée*, des illustrations, des activités, des recherches ou des repérages qui préparent l'analyse.

Nous avons voulu que la traduction proposée soit aussi fidèle que possible au texte d'Homère : elle en reproduit donc les répétitions, les tournures poétiques, les caractéristiques syntaxiques qui peuvent paraître parfois étranges - voire maladroites - mais qui sont autant de traits particuliers de cette œuvre, composée pour être récitée et non pour être lue. Nous espérons que, loin de vous gêner dans votre lecture, cette « étrangeté » vous mettra de plain-pied avec les héros de l'*Odyssée*.

D'autre part, pour répondre au défi pédagogique que représente l'étude de cette œuvre en 6e, nous vous suggérons l'itinéraire que suit le « Parcours de lecture » (n°...) sur l'*Odyssée*. Fidèle aux principes de la collection, il propose d'autres travaux, répond aux questions posées, établit des « repères » littéraires, historiques, culturels, et multiplie les « prolongements », source de nouvelles activités.

**N. B.** Les mots suivis d'un * sont expliqués dans l'index situé en fin de volume.

Petit relief votif du milieu du V° siècle avant J.-C.
représentant Athéna pensive
(Musée de l'Acropole, Athènes). © Alinari-Viollet.

# PREMIÈRE PARTIE

## I L'ASSEMBLÉE DES DIEUX

### TEXTE 1 : **Prologue**
(I, vers 1-10)

Muse[1], raconte-moi l'homme aux mille tours[2], qui erra beaucoup quand il eut pillé la citadelle sacrée de Troie[3], et qui vit les cités d'un grand nombre d'hommes et qui connut leurs pensées. Et sur la mer il souffrit beaucoup de maux en son cœur, luttant pour sa vie et pour le retour de ses compagnons, mais même ainsi, bien que le désirant, il ne put sauver ses compagnons ; en effet ceux-ci périrent à cause de leur fol orgueil, les sots, qui mangèrent les bœufs du Soleil Hypérion[4] ; c'est pourquoi celui-ci supprima pour eux le jour du retour.

Dis-nous donc, à nous aussi, fille de Zeus[5], l'une de ces aventures, en commençant où tu voudras.

1. Muse : divinité, fille de Zeus, qui inspire un poète ou un écrivain.
2. Aux mille tours : cette périphrase* fait partie des « épithètes homériques », c'est-à-dire des qualificatifs systématiquement accolés à tel ou tel personnage ou telle ou telle divinité ; elle signifie « rusé », « plein de ressources ».
3. Troie ou Ilion, cité antique de l'Asie Mineure, située à l'emplacement de l'actuelle Hissarlik (voir carte). Découverte au XIXe siècle par Schliemann, elle comprend neuf couches archéologiques superposées. La guerre de Troie, racontée par Homère dans l'*Iliade*, est une guerre légendaire qui conserve le souvenir des expéditions des Achéens, les plus anciens des Grecs, sur les côtes de l'Asie Mineure, au XIIIe siècle avant Jésus-Christ.
4. Hypérion signifie « Le Haut » : c'est l'épithète consacrée pour Hélios, le Soleil. Le mot peut désigner aussi Hypérion, le père d'Hélios.
5. Zeus est le dieu du Ciel et le maître des autres dieux. Son attribut est la foudre. Les Romains l'assimilèrent à Jupiter.

# TEXTE 2 : **L'assemblée des dieux**

(I, vers 11-21)

Tous les autres, ceux qui avaient échappé au gouffre de la mort, étaient alors[1] chez eux, délivrés désormais de la guerre et des flots. Lui seul était privé du retour et de sa femme, car la puissante nymphe[2] Calypso[3], divine entre les déesses, le retenait dans ses cavernes profondes, désirant vivement qu'il devînt son époux.

Mais lorsque vint l'année, une fois écoulée la période fixée, où les dieux avaient filé pour lui le retour à son logis d'Ithaque[4], pas même alors il ne devait échapper aux épreuves, même parmi les siens. En effet, tous les dieux le plaignaient, excepté Poséidon[5], qui, sans relâche, manifesta sa haine contre Ulysse semblable aux dieux avant qu'il ne revînt dans son pays.

# TEXTE 3 : **L'assemblée des dieux** (suite) **: Athéna et Zeus**

(I, vers 48-95)

*C'est Athéna qui parle...*

« Mais mon cœur est déchiré pour Ulysse le sage[1], le malheureux, qui loin des siens, souffre dans une île baignée par

1. « Alors », c'est-à-dire au moment où commence le récit, dix ans après la fin de la guerre de Troie.
2. Nymphe : divinité féminine représentée sous les traits d'une jeune fille.
3. Calypso était la fille d'Atlas. Elle vivait dans l'île d'Ogygie, que les auteurs anciens placent dans l'Occident méditerranéen, et qui correspond sans doute à la presqu'île de Ceuta, en face de Gibraltar.
4. Ithaque (aujourd'hui Thiaki) : petite île située à l'Ouest de la Grèce, non loin des côtes du Péloponnèse, et faisant partie des Iles Ioniennes (voir carte). C'est le royaume légendaire d'Ulysse.
5. Poséidon : frère de Zeus, dieu qui règne sur la mer; son attribut est le trident.

1. « Le sage », « Le prudent » : c'est l'épithète habituelle de certains héros de l'*Odyssée* : Ulysse, Télémaque, Alkinoos...
2. Les Anciens distinguaient deux sortes d'îles : les îles véritables, encerclées par la mer, et les presqu'îles : c'est ce qui explique cette précision qui peut nous paraître inutile.

les flots[2], là où se trouve le nombril de la mer[3], une île boisée ; c'est là qu'habite une déesse, fille du malfaisant Atlas qui connaît les profondeurs de la mer tout entière et qui a la garde des hautes colonnes tenant écartés la terre et le ciel[4]. Sa fille retient captif le malheureux qui se lamente, et elle ne cesse de le séduire par de douces et habiles paroles, afin qu'il oublie Ithaque. Mais Ulysse, désirant voir ne fût-ce que la fumée monter de sa terre, souhaite mourir. Ton cœur ne se laisse donc pas attendrir, Olympien[5] ? Est-ce qu'Ulysse ne t'était pas agréable lorsqu'il offrait des sacrifices près des vaisseaux des Argiens[6], dans la plaine de Troie ? Pourquoi donc es-tu si irrité contre lui, Zeus ?»

Zeus l'assembleur de nuées[7] lui fit cette réponse :

« Mon enfant, quelle parole a franchi la barrière de tes dents[8] ? Comment donc pourrais-je désormais oublier le divin Ulysse qui l'emporte sur les mortels par l'esprit et qui, plus que tout autre, a offert des sacrifices aux dieux immortels qui possèdent le vaste ciel ? Mais c'est Poséidon l'ébranleur du sol[9] qui éprouve une colère opiniâtre à cause du Cyclope qu'Ulysse rendit aveugle, Polyphème semblable aux dieux, dont la force l'emportait sur tous les Cyclopes ; c'est la nymphe Thoossa qui l'avait engendré, la fille de Phorkys, roi de la mer infinie[10], s'étant unie à Poséidon dans ses cavernes profondes. Depuis ce jour-là Poséidon l'ébranleur de la terre, sans le mettre à mort, fait errer Ulysse loin de sa patrie. Mais allons ! nous tous ici méditons son retour, afin qu'il revienne ! Poséidon laissera se calmer sa colère ! non, il ne pourra pas tenir tête à tous les dieux immortels, lui seul, malgré eux ! »

Alors Athéna, la déesse aux yeux brillants[11] répondit :

---

3. Nombril de la mer : cette expression peut signifier que l'île est au centre de la mer, ou qu'elle est bombée comme la bosse (ou nombril) d'un bouclier.
4. Le géant Atlas avait la garde des colonnes qui tenaient écartés le ciel et la terre, et qui plus tard, lorsque le demi-dieu Héraklès (ou Hercule) viendra aider Atlas à soutenir le ciel, deviendront les colonnes d'Hercule. On les identifie habituellement comme étant le détroit de Gibraltar.
5. Zeus est le roi de l'Olympe, séjour des dieux.
6. Habitants d'Argos, principale ville du Péloponnèse à cette époque (voir carte). C'est souvent par ce mot que sont désignés les Grecs.
7. Une des épithètes habituelles de Zeus.
8. Cette phrase - qui constitue un vers dans le texte grec - fait partie des formules toutes faites qui sont reprises régulièrement dans l'*Odyssée*.
9. Épithète de Poséidon qui est en effet le dieu des tremblements de terre.
10. Cette épithète peut signifier « stérile » ou « illimitée », « infinie », l'étymologie* du mot étant incertaine.
11. Épithète traditionnelle d'Athéna. Elle est parfois traduite par « aux yeux pers » (couleur entre le bleu et le vert) ou « aux yeux de chouette » : la chouette,

« Ô mon père, fils de Cronos[12], le plus puissant des chefs, si c'est maintenant l'avis des dieux bienheureux qu'Ulysse l'avisé retourne dans sa demeure, alors pressons-nous d'envoyer Hermès, le messager argiphonte[13], dans l'île océane, afin qu'en toute hâte il dise à la Nymphe aux belles boucles le décret infaillible, comment doit se dérouler le retour du courageux Ulysse. Moi-même j'irai dans Ithaque, afin de presser son fils et de lui mettre au cœur l'envie de convoquer à l'agora[14] les Achéens[15] chevelus[16] et de parler fermement aux prétendants qui ne cessent d'égorger ses troupeaux de moutons et ses bœufs à la démarche torse et aux cornes recourbées[17], puis je l'enverrai à Sparte[18] et à la Pylos des Sables[19] s'informer du retour de son père, s'il le peut, et acquérir un bon renom chez les hommes. »

---

oiseau symbolisant la sagesse, est l'emblème d'Athéna, et tient en grec son nom de ses yeux qui étincellent dans la nuit.

12. Zeus est le fils du Titan Cronos qu'il chassa pour régner à sa place.
13. Épithète d'Hermès, dont l'étymologie et le sens sont peu sûrs.
14. L'agora est à la fois l'assemblée du peuple et le lieu où se tient cette assemblée, c'est-à-dire la place publique.
15. C'est ainsi que sont désignés les Grecs la plupart du temps dans les textes homériques. Les Achéens constituent la famille ethnique la plus ancienne de la Grèce (début du II° millénaire avant J.-C.). Mycènes (cf. texte 4, note 6) était un des centres importants de la civilisation achéenne.
16. Les cheveux longs étaient le privilège des hommes libres et des nobles.
17. Les deux épithètes sont juxtaposées en grec et étroitement associées : la seconde est parfois comprise comme complétant simplement la première.
18. Ville du sud du Péloponnèse (voir carte).
19. Ville de la côte ouest du Péloponnèse (voir carte). Il y avait en Grèce antique plusieurs Pylos, dont le nom signifie « porte » (cf. Thermopyles = Portes Chaudes).

# II TÉLÉMAQUE

## 1. à Ithaque

### TEXTE 4 : Athéna et Télémaque
(I, vers 279-305)

*Comme Athéna l'a annoncé lors de l'assemblée des dieux (cf. texte précédent), ayant pris l'apparence d'un invité, elle se rend à Ithaque auprès de Télémaque pour le presser de partir à la recherche d'Ulysse.*

« Je vais te parler avec sagesse, tu dois obéir : après avoir équipé un navire à vingt rames, le meilleur, va t'informer de ton père parti depuis si longtemps, en écoutant les paroles des mortels ou la voix de Zeus qui répand les nouvelles partout chez les hommes. Va d'abord à Pylos[1] et interroge le divin Nestor[2], et de là à Sparte[3], chez le blond Ménélas[4]. C'est lui qui est revenu le dernier des Achéens[5] à la cuirasse de bronze. Si tu apprends là-bas que ton père est en vie et qu'il va revenir, malgré ton impatience attends encore un an ; mais si tu apprends qu'il est mort et qu'il n'est plus, reviens dans ta terre natale et érige-lui une tombe, en outre, rends-lui tous les honneurs funèbres convenables et donne à ta mère un époux. Puis, lorsque tu auras achevé de faire cela, tu méditeras dans ton cœur et dans ton âme comment dans ton palais tuer les prétendants, en cachette ou publiquement. Tu ne dois plus te livrer à des jeux d'enfants, car ce n'est plus de ton âge. Ne sais-tu pas quel renom eut le divin Oreste[6] auprès de tous les hommes, lorsqu'il tua le meurtrier de son père, Égisthe[7] le traître, qui avait tué son noble père ? Et toi mon cher, beau et grand comme je te vois, sois vaillant, afin

1. Cf. texte 3, note 19.
2. Nestor est le roi de Pylos.
3. Cf. texte 3, note 18.
4 Ménélas est le roi de Sparte et l'époux d'Hélène.
5. Cf. texte 3, note 15.
6. Fils de Clytemnestre et d'Agamemnon, roi de Mycènes, chef de l'expédition grecque contre Troie. Agamemnon a été ensuite supplanté par Égisthe.
7. Cf. note 6.

qu'un de tes descendants dise aussi du bien de toi. Mais je dois maintenant descendre vers le navire rapide et vers mes compagnons, qui sans doute sont fâchés de rester ; quant à toi réfléchis et médite mes paroles. »

## TEXTE 5 : **La tapisserie de Pénélope**

(II, vers 89-110)

*En réponse au courroux de Télémaque qui accuse les prétendants de harceler sa mère Pénélope de leur assiduité et de gaspiller les provisions du palais, l'un des prétendants, Antinoos, se justifie en accusant Pénélope de se montrer fourbe et de se jouer d'eux.*

« Voilà déjà trois ans, il y en aura bientôt quatre, qu'elle maltraite dans leur poitrine le cœur des Achéens[1] ; elle donne de l'espoir à tous, fait des promesses à chacun, envoie des messages, alors qu'elle médite d'autres projets. Tu connais cette ruse qu'elle avait machinée : sur un grand métier qu'elle avait dressé dans le palais elle tissait une toile fine et d'une beauté extraordinaire, et elle nous disait : « Mes jeunes prétendants, puisque le divin Ulysse est mort, vous qui désirez ce mariage, attendez que j'aie achevé cette toile ; que ce fil ne se perde pas inutilement : c'est pour ensevelir le noble Laerte[2], quand viendra le moment funeste d'une mort douloureuse, pour qu'aucune des Achéennes, dans le pays, ne puisse s'indigner si cet homme riche gisait là sans suaire[3]. »

Elle parlait ainsi, et notre cœur fougueux obéissait. Et cette grande toile, le jour elle la tissait, la nuit elle la défaisait à la lueur des torches. Pendant trois ans, elle se dissimula par la ruse et trompa les Achéens ; mais lorsqu'arriva la quatrième année et que le printemps fut là, une de ses femmes nous parla, qui était bien au courant. Nous la surprîmes en train de défaire la belle toile et elle dut achever ce travail, malgré elle, sous la contrainte. »

1. Cf. texte 3, note 15.
2. Père d'Ulysse.
3. Drap avec lequel on enveloppe le corps d'un mort.

## 2. à Pylos

### TEXTE 6 : **La traversée**

(III, vers 286-299)

*Télémaque s'est rendu à Pylos, auprès du roi Nestor. Celui-ci raconte comment Ménélas revint de Troie sur une mer houleuse...*

« Ensuite il[1] se rembarqua sur la mer couleur de vin[2] dans ses vaisseaux creux, et il parvint rapidement à la montagne escarpée du Malée[3]. Alors, Zeus à la voix tonnante[4] médita pour eux une route terrible et lâcha sur eux les souffles des rafales sifflantes et les flots prodigieusement gonflés, semblables à des montagnes. Ayant coupé la flotte en deux, il précipita les uns en Crète[5], là où vivent les Cydoniens[6], au bord des eaux du Jardanos[7]. Il y a une roche lisse, escarpée, au bord de la mer, aux confins de Gortyne[8], dans la brume océane ; là, le Notos[9] jette de grandes vagues contre la montagne, vers la gauche, du côté de Phaestos[10] ; et ce petit rocher repousse les grandes vagues. C'est là qu'ils arrivèrent et ils échappèrent avec peine à la mort. Mais les flots brisèrent les navires sur les écueils. »

1. Désigne ici Ménélas.
2. C'est l'épithète habituelle de la mer chez Homère.
3. Cap du sud-est du Péloponnèse (voir carte).
4 Épithète de Zeus, qui est le dieu du tonnerre.
5. Voir carte.
6. Cydonia est une ville du nord de la Crète.
7. Nom d'un fleuve de Crète.
8. Ville de Crète (voir carte).
9. Vent du sud-sud-ouest, à grandes rafales, avec pluie et forte houle.
10. Ville de Crète (voir carte).

## 3. à Sparte

### TEXTE 7 : **Le récit d'Hélène**

(IV, vers 240-264)

*Après l'escale à Pylos, Télémaque se rend à Sparte, chez le roi Ménélas. Au cours du festin donné en son honneur, Hélène, la reine, évoque les souvenirs qu'elle a gardés d'Ulysse.*

« Je ne pourrais vous dire ni vous détailler tous les exploits d'Ulysse à l'âme courageuse. Mais voilà ce que fit et ce qu'eut le courage de faire cet homme énergique, au pays des Troyens, lorsque vous, Achéens[1], subissiez des épreuves. Il s'était frappé de coups indignes, il avait jeté sur son dos de vieux haillons ; semblable à un serviteur il se mêla à la foule ennemie [ dans la ville aux larges rues. Il se donnait l'air d'un mendiant, lui qui n'était en rien cela aux nefs des Achéens ; ainsi déguisé il s'enfonça ] dans la ville. Il passa inaperçu aux yeux de tous ; moi seule, l'ayant reconnu dans cet état, je l'interrogeai. Avec ruse il esquiva mes questions. Mais lorsque je l'eus baigné, frotté d'huile et habillé, je lui jurai par un serment fiable de ne pas révéler la présence d'Ulysse au milieu des Troyens avant qu'il eût rejoint les navires rapides et les tentes[2] ; alors il m'exposa en détail le plan des Achéens, et après avoir tué de nombreux Troyens de son arme tranchante, il alla chez les Argiens[3] rapporter ce qu'il avait appris. Alors les autres femmes, les Troyennes, poussèrent des cris aigus ; pour moi, je me réjouissais en mon cœur, car mes désirs se tournaient vers mon foyer, et je déplorais la folie qu'Aphrodite[4] avait fait naître en moi lorsqu'elle m'entraîna là-bas, loin de ma terre natale en me séparant de ma fille, de ma chambre nuptiale et de mon époux qui n'est inférieur à personne par le corps ou l'esprit. »

1. Cf. texte 3, note 15.
2. Du camp des Grecs.
3. Cf. texte 3, note 6.
4. Déesse de l'amour et de la beauté.

# TEXTE 8 : **Protée**

(IV, vers 400-424)

*Ménélas raconte à Télémaque sa rencontre avec un des « Vieux de la Mer », Protée aux multiples formes. Retenu par les dieux dans l'îlot de Pharos*[1]*, il doit consulter Protée pour apprendre de lui comment pouvoir partir. Voici ce que lui conseille Idothée, la fille de Protée :*

« Lorsque le soleil arrive au milieu du ciel, alors sort du flot l'infaillible Vieillard de la mer, sous le souffle du Zéphyr[2] ; couvert de sa crinière noire, il monte et s'étend dans ses cavernes creuses. Autour de lui les phoques dont les pieds sont des nageoires, animaux de la belle fille de la mer[3], dorment en troupeau, au sortir des flots blanchâtres, exhalant l'âcre odeur des profondeurs de la mer. Je t'emmènerai là-bas dès que l'aube pointera, ensuite je te placerai en embuscade. Quant à toi, choisis bien trois compagnons, les meilleurs, sur tes solides vaisseaux. Mais je dois te dire toutes les ruses du Vieillard. D'abord, en marchant parmi eux, il comptera les phoques cinq par cinq[4] ; quand il aura fini, il se couchera au milieu d'eux, comme le fait un berger au milieu de son troupeau. Dès que vous verrez qu'il s'est endormi, ne vous préoccupez plus que de force et de violence ; aussitôt que vous le tiendrez, il s'agitera et cherchera à s'échapper. Il essaiera tout, se changera en tout ce qui rampe sur terre, en eau, en feu divin. Et vous, tenez-le fermement et serrez davantage. Mais lorsqu'il manifestera qu'il veut te parler, il redeviendra tel que vous l'avez vu endormi ; à ce moment-là, renoncez à la violence et déliez le Vieillard, seigneur, demandez-lui quel dieu vous tourmente et comment revenir sur la mer poissonneuse. »

1. Ile d'Égypte, près d'Alexandrie. Ptolémée II Philadelphe y fit ériger une tour au sommet de laquelle brûlait un feu visible en mer à grande distance : c'est l'origine des phares.
2. Chez Homère, le zéphyr est un vent violent, venant de l'ouest (cf. texte 18, note 6).
3. Amphitrite, déesse de la mer, épouse de Poséidon.
4. Il compte cinq par cinq parce qu'il s'aide de ses doigts.

# TEXTE 9 : **Protée** (suite)
## (IV, vers 435-458)

*Ménélas va donc se conformer aux conseils d'Idothée...*

« La nymphe[1], ayant plongé dans le vaste sein des flots, rapporta de la mer quatre peaux de phoques, tous fraîchement écorchés ; et, imaginant une ruse contre son père, elle avait creusé des lits dans les sables marins et, assise, elle attendait ; quant à nous, nous arrivons près d'elle. Elle nous fait coucher côte à côte et jette une peau sur chacun. Ce fut le moment le plus désagréable de l'embuscade : en effet une odeur terriblement pernicieuse provenait de ces phoques, nourrissons de la mer. Qui prendrait dans son lit un animal marin ? Mais elle nous sauva car elle avait pensé à un puissant remède : elle avait apporté de l'ambroisie qu'elle nous mit sous le nez, à chacun ; exhalant une odeur très agréable, celle-ci tua l'odeur des monstres. Tout le matin nous attendons patiemment. Les phoques sont sortis en troupeau de la mer, et se sont couchés en file sur la ligne de brisants. Au milieu du jour le Vieillard sort de l'eau, il trouve ses phoques bien nourris et s'approche de chacun, les compte, et nous les premiers parmi les animaux, sans s'apercevoir en quoi que ce soit de la ruse. Ensuite il se couche à son tour. Et nous, poussant des cris, nous nous élançons, et nous l'emprisonnons de nos bras. Mais le Vieillard n'oublie rien de son art trompeur : il se change d'abord en lion à la belle crinière, puis en serpent, en panthère, en porc géant, enfin en eau courante et en arbre au feuillage altier. »

1. Idothée.

# III ULYSSE

## 1. Calypso

### TEXTE 10 : **La grotte de Calypso**
(V, vers 55 -75)

*Zeus envoie Hermès, le messager des dieux, dire à Calypso qu'Ulysse, retenu captif dans son île depuis huit ans, doit rentrer à Ithaque. Hermès arrive dans l'île de la Nymphe*[1].

Mais lorsqu'il fut arrivé à l'île lointaine, sortant de la mer aux reflets violets[2] il alla vers le rivage, jusqu'à ce qu'il eût atteint la vaste grotte où habitait la Nymphe aux belles boucles. Il la trouva chez elle. Un grand feu brûlait sur le foyer, et le cèdre et le thuya facile à fendre, en brûlant, répandaient leur odeur au loin sur l'île ; la Nymphe, à l'intérieur, chantant de sa belle voix, travaillant à son métier[3], tissait de sa navette[4] d'or. Un bois luxuriant avait poussé tout autour de la grotte, aune[5], peuplier noir et cyprès odorant et là, des oiseaux aux longues ailes se posaient pour dormir, chouettes, faucons, corneilles bavardes qui vivent de la mer, car c'est sur la mer qu'elles exercent leur activité. Et là même, sur les parois de la grotte, se déployait dans toute sa force une vigne qui était couverte de grappes ; quatre sources, à la suite, laissaient couler une eau limpide, proches l'une de l'autre, allant dans des directions différentes ; tout autour, de douces prairies de violettes et d'ache[6] étaient en fleurs ; là, même un immortel, en entrant, se fût arrêté à cette vue et réjoui dans son esprit ; là, le messager Argiphonte[7] s'arrêta pour regarder.

1. Nymphe : cf. texte 2, note 2.
2. Cf. texte 6, note 2 : c'est la même couleur.
3. Le terme employé dans le texte grec peut désigner soit le métier à tisser, soit la toile que l'on tisse.
4. Navette : pièce de métier à tisser.
5. Aune ou aulne : arbre du bord des eaux, voisin du bouleau.
6. Ache : plante à feuilles découpées et à petites fleurs blanches en ombelles, dont une espèce cultivée est le céleri (on traduit aussi parfois par « persil » : il s'agirait alors du persil de mer, qui couvre les rochers sur les côtes).
7. Cf. texte 3, note 13.

## 2. la mer

### TEXTE 11 : **Le naufrage d'Ulysse**

(V, vers 424-443)

*Ulysse a quitté l'île de Calypso sur le radeau qu'il a construit. Au cours de sa traversée, il essuie une terrible tempête suscitée par Poséidon.*

Tandis qu'il méditait ainsi dans son esprit et dans son cœur, le flot le jeta sur un promontoire abrupt. Là, sa peau se serait déchirée en lambeaux, ses os se seraient brisés, si la déesse aux yeux brillants[1] Athéna ne lui avait mis une idée dans l'esprit. En s'élançant, il saisit le roc de ses deux mains ; et, gémissant, il s'y retint, jusqu'à ce que le flot fût passé. Ainsi, il réussit à l'éviter ; mais en refluant la vague l'assaillit,

1. Cf. texte 3, note 11.

Flasque (vase en forme de gourde) avec représentation de poulpe IIIe millénaire avant J.-C. (Musée national, Athènes). © Dagli Orti.

le frappa et le remporta au large. Et de même que de nombreuses petites pierres restent attachées aux suçoirs du poulpe[2] lorsqu'il est arraché de son gîte, de même des lambeaux de peau de ses vaillantes mains étaient restés sur les pierres qui les avaient déchirées. Le flot l'ensevelit. Là, le malheureux Ulysse aurait péri, devançant le destin, si Athéna aux yeux brillants ne lui avait inspiré de sages décisions. Il émergea du flot qui grondait toujours sur la terre ferme ; il nagea le long du rivage, regardant vers la terre pour voir s'il trouverait des rives protégées et des anses de mer. Il arriva en nageant à l'embouchure d'un fleuve aux belles eaux : c'est là que l'endroit lui parut le meilleur, sans rochers, et à l'abri du vent.

## 3. chez les Phéaciens

### a. ATHÉNA

### TEXTE 12 : L'Olympe

(VI, vers 41-47)

*Ulysse a réussi à échapper à la fureur des flots, et il aborde aux rivages des Phéaciens - probablement dans l'actuelle île de Corfou. Athéna, quant à elle, se rend auprès de Nausicaa, fille d'Alkinoos, roi des Phéaciens, après avoir pris les traits d'une amie de cette dernière. Elle lui enjoint de se rendre aux lavoirs, au bord du fleuve, pour y laver son linge en vue de son mariage, après quoi elle se retire.*

À ces mots, Athéna aux yeux brillants[1] s'en alla pour regagner l'Olympe, où se trouve dit-on le séjour des dieux, solidement et pour toujours. Il n'est pas battu par les vents, ni arrosé par les pluies, ni approché par la neige. Mais un ciel

2. Le poulpe est un motif décoratif fréquent dans l'art minoen (cf. illustration).
1. Cf. texte 3, note 11.

Le Mont Olympe.
© Dagli Orti.

pur s'y déploie sans nuages, et la blanche lumière du jour l'inonde. C'est là que les dieux passent dans le bonheur tous leurs jours ; c'est là que s'en alla la déesse aux yeux brillants, après avoir parlé clairement à la jeune fille.

## b. NAUSICAA

# TEXTE 13 : **Nausicaa aux lavoirs**

(VI, vers 85-109)

*Nausicaa, suivant les conseils d'Athéna, se rend aux lavoirs avec ses servantes.*

Elles arrivèrent aux belles eaux du fleuve. Là, les bassins étaient toujours pleins, une belle eau coulait en sortant de dessous les rochers assez abondamment pour nettoyer le linge le plus sale ; là, elles dételèrent les mules du char et les emmenèrent le long du fleuve tourbillonnant paître le chiendent doux comme le miel. Les femmes prirent le linge sur le char et le portèrent dans l'eau sombre, et le foulèrent promptement dans les bassins, rivalisant d'ardeur. Lorsqu'elles eurent lavé et blanchi tout ce linge sali, elles l'étendirent en ligne sur le sable du bord, à l'endroit où la mer lavait d'habitude les pierres du rivage. Ensuite elles se baignèrent et s'enduisirent d'huile, puis prirent leur repas sur les rives escarpées du fleuve, tandis que le linge séchait à la chaleur du soleil. Lorsque les servantes et la maîtresse se furent rassasiées, elles jouèrent à la balle, après avoir enlevé leurs voiles. Nausicaa aux bras blancs menait le chant[1]. Comme Artémis[2], la déesse à l'arc, court dans les montagnes, ou le long du Taygète[3] ou sur l'Érymanthe[4], jouant avec les sangliers et les biches agiles, et comme avec elle jouent les Nymphes[5] champêtres, filles de Zeus qui brandit l'égide[6] –

1. Il s'agit donc d'un jeu accompagné de chants.
2. Fille de Zeus et de Léto, sœur d'Apollon, déesse de la chasse, Artémis vit dans les bois et les montagnes. Elle est la plupart du temps représentée avec un arc.
3. Montagne de Laconie (voir carte).
4. Montagne d'Arcadie (voir carte). Le Taygète et l'Érymanthe étaient célèbres pour leur gros gibier (cf. un des douze travaux d'Héraklès : le sanglier d'Érymanthe).
5. Cf. texte 2, note 2.
6. Autre épithète de Zeus. L'égide est un bouclier merveilleux fait avec la peau de la chèvre Amalthée qui nourrit Zeus enfant. Elle est garnie de franges et bordée de serpents, et est ornée en son centre de la tête de la Gorgone. Lorsqu'il la brandit au milieu des ténèbres, des éclairs et du tonnerre, Zeus répand la terreur. L'égide est aussi l'attribut d'Athéna (cf. texte 39).

et Léto se réjouit dans son cœur, car la tête et le front de sa fille dominent toutes les autres[7], et elle est facile à reconnaître, bien que toutes soient belles – ainsi cette jeune fille sans maître[8] se distinguait de ses servantes.

## TEXTE 14 : **Ulysse sort de l'eau**

(VI, vers 127-141)

*Ulysse, qui a été rejeté par la mer à l'embouchure du fleuve, épuisé, s'est réfugié sous un couvert de broussailles et s'est endormi. Les cris poussés par les jeunes filles qui jouent à la balle le réveillent.*

[...] Et le divin Ulysse sortit du couvert de broussailles ; il cassa de sa forte main dans le bois épais un rameau bien feuillu, pour couvrir de son corps les parties intimes. Il s'avançait, comme un lion[1] nourri dans les montagnes, confiant en sa force, qui va mouillé de pluie et battu de vent ; ses yeux brillent comme du feu ; il s'avance à la recherche de bœufs et de moutons, et poursuit les cerfs sauvages : c'est la faim qui le pousse à aller jusqu'à la bergerie étroitement fermée pour attaquer le troupeau. Ainsi Ulysse s'avançait, dans sa nudité, vers le groupe des jeunes filles aux belles boucles : la nécessité le poussait. Il leur apparut effrayant à voir, maltraité par la mer, et elles s'enfuirent en se dispersant vers les rivages escarpés. Seule la fille d'Alkinoos resta : en effet Athéna avait mis du courage en son cœur et éloignait la peur de ses membres. Elle fit face, se retenant de fuir.

7. Une haute taille était considérée par les Grecs comme une condition essentielle de la beauté et aussi comme un signe de divinité. Dans la description du bouclier d'Achille (*Iliade*, chant XVIII, vers 519) on voit que les hommes sont représentés un peu plus petits que les dieux.
8. Parce qu'elle n'est pas mariée...
1. Le lion n'avait pas encore complètement disparu de Grèce à la fin de l'âge du bronze. Il est souvent représenté dans l'art mycénien et il tient une place importante dans les comparaisons homériques.

# TEXTE 15 : **Le discours d'Ulysse**
(VI, vers 148-169)

*Ulysse s'adresse alors à Nausicaa :*

« Je suis à tes genoux[1], ô reine[2]. Es-tu une déesse ou une mortelle ? Si tu fais partie des dieux qui occupent le vaste ciel, c'est à Artémis, la fille du grand Zeus, que pour ma part je te compare par la beauté, la taille et la prestance. Mais si tu fais partie des mortels qui habitent sur terre, trois fois heureux ton père et ton auguste mère, trois fois heureux tes frères. Car ils doivent toujours se réjouir en leur cœur grâce à toi, quand ils voient une si belle pousse entrer dans le chœur. Et plus heureux jusqu'au fond du cœur et de beau-

1. En Grèce, la coutume voulait qu'un suppliant se jette aux pieds de la personne qu'il implorait et entoure ses genoux - c'est-à-dire ses jambes - de ses bras. Ici, Ulysse n'ose pas se prosterner aux pieds de Nausicaa, mais il reprend, sous forme d'image, l'attitude du suppliant dans son discours.
2. Le terme est employé chez Homère pour s'adresser à une déesse, et peut d'ailleurs expliquer la question qui suit.

La terrasse des Lions dans l'île de Délos. © Roger-Viollet.

coup celui qui, l'ayant emporté par ses présents[3], t'emmènera chez lui, car je n'avais encore jamais vu de mortel tel que toi, homme ou femme. Ta vue m'inspire le respect. Un jour à Délos[4], près de l'autel d'Apollon[5], j'ai vu une beauté semblable à toi, une jeune pousse de palmier ; car je suis allé là-bas aussi, et une armée nombreuse m'accompagnait au cours de ce voyage où tant de malheurs m'attendaient ! Et comme en le voyant j'avais été saisi d'admiration dans mon cœur, car jamais un tel arbre n'était sorti du sol, de même, ô femme, je suis charmé et saisi d'admiration. Mais j'ai peur de prendre tes genoux[6], pourtant une douleur cruelle m'envahit.

## TEXTE 16 : **Les lois de l'hospitalité**
(VI, vers 206-210)

*Nausicaa s'est présentée à Ulysse. Elle ordonne à ses servantes qui s'étaient dispersées à sa vue (cf. texte 15) de revenir et leur rappelle les lois de l'hospitalité.*

« Celui qui se présente ici est un malheureux vagabond, dont il faut prendre soin : car tous, étrangers et mendiants, nous viennent de Zeus. Petite aumône, grande joie ![1] Allons, mes servantes, donnez à l'étranger nourriture et boisson, donnez-lui un manteau bien lavé et une tunique, puis baignez-le dans le fleuve, bien à l'abri du vent. »

3. Il s'agit des cadeaux (bijoux, lingots de métal précieux, bétail) par lesquels le fiancé achète sa femme aux parents suivant l'usage homérique du mariage.
4. Ile des Cyclades où naquirent Apollon et Artémis. On y montrait encore à l'époque de Cicéron (1er siècle après Jésus-Christ) un palmier qui passait pour être celui dont parle ici Ulysse. C'est dans cette île que se trouvait le grand sanctuaire d'Apollon.
5. Dieu du soleil et de la beauté.
6. Cf. note 1.
1. Expression proverbiale.

## C. AU PALAIS

# TEXTE 17 : **Le palais d'Alkinoos**

(VII, vers 81-99)

*Ulysse est alors amené par Nausicaa au palais de son père.*

Ulysse s'apprêtait à entrer dans la célèbre demeure d'Alkinoos. Il remuait en son cœur beaucoup de pensées avant de franchir le seuil de bronze. En effet, il y avait comme un éclat de soleil et de lune dans la haute demeure d'Alkinoos au grand cœur : des murailles de bronze se déployaient de chaque côté, du seuil jusqu'au fond, tout autour courait une frise d'émail bleu ; et des portes d'or fermaient bien la demeure ; sur le seuil de bronze, les montants étaient d'argent ; sous le linteau[1] d'argent, le corbeau[2] était d'or et de chaque côté se tenaient des chiens[3] d'or et d'argent qu'Héphaïstos[4] avait façonnés avec la plus grande habileté pour garder la maison d'Alkinoos au grand cœur, des chiens immortels et ne vieillissant jamais. Le long du mur, de chaque côté, des sièges étaient alignés, sans interruption du seuil jusqu'au fond. Sur eux étaient jetés des tissus fins et bien tissés, ouvrages des servantes. C'est là qu'étaient assis les nobles Phéaciens, buvant et mangeant, car ils avaient sans cesse de tout en abondance.

1. Linteau : pièce de bois ou grosse pierre taillée placée horizontalement au-dessus d'une ouverture (porte ou fenêtre).
2. Corbeau : grosse pierre, pièce de bois ou de métal en saillie sur le parement d'un mur, pour supporter une poutre ou toute autre charge ; peut aussi désigner ici la poignée de la porte.
3. Chiens : soit des ornements sculptés, soit des chiens merveilleux, sortes d'automates réalisés par Héphaïstos.
4. Héphaïstos : dieu du feu, en même temps dieu forgeron et orfèvre. Dans l'*Iliade* et l'*Odyssée*, les œuvres les plus remarquables lui sont attribuées.

# TEXTE 18 : **Le palais d'Alkinoos** (suite)

(VII, vers 100-133)

Des éphèbes[1] en or se dressaient sur des socles solides, tenant dans leurs mains des torches enflammées pour donner de la lumière aux convives, la nuit, dans le palais. Il y avait au palais cinquante servantes. Les unes écrasent sous la meule le grain blond, les autres, assises[2], tissent la toile et tournent la quenouille, comme s'agitent les feuilles du peuplier élancé ; et des tissus en travail[3] s'égoutte l'huile fluide[4]. Autant les Phéaciens sont habiles entre tous les hommes pour pousser sur la mer un navire rapide, autant leurs femmes sont habiles ouvrières pour le tissage : en effet Athéna leur a par-dessus tout accordé l'habileté des mains et l'intelligence.

En-dehors de la cour se trouve un grand jardin de quatre arpents[5], près des portes. Un mur le ferme des deux côtés. C'est d'abord un verger aux grands arbres luxuriants, poiriers, grenadiers, pommiers aux fruits splendides, figuiers doux comme le miel, oliviers luxuriants. Jamais ils ne s'arrêtent ni ne se lassent de produire des fruits, ni hiver, ni été ; ils en ont toute l'année. Le Zéphyr[6] en soufflant fait croître les uns, fait mûrir les autres ; la poire vieillit sur la poire, la pomme sur la pomme, la grappe sur la grappe, la figue sur la figue. Plus loin, on avait fait pousser un vignoble chargé de grappes dont une partie sèche au soleil, en un lieu découvert ; d'autres grappes sont vendangées, d'autres foulées[7]. Mais en avant les raisins sont encore verts, laissant tomber leur fleur ; d'autres commencent à noircir. Enfin, des plates-bandes variées et

1. Il s'agit de statues de jeunes gens servant de lampadaires.
2. Seules les fileuses (qui « tournent la quenouille ») sont assises ; les tisseuses restent debout devant le grand métier vertical.
3. C'est-à-dire les tissus qui sont sur le métier.
4. On enduit les fils d'une huile fluide, pour les rendre plus glissants et plus brillants.
5. L'arpent est une superficie difficile à évaluer ; chez Homère, c'est ce qu'on laboure en un jour. Cette superficie ne correspond pas à ce que l'on désignait autrefois par « arpent », c'est-à-dire une superficie de 20 à 50 ares.
6. Le Zéphyr est généralement chez Homère un vent violent, venant de l'ouest (cf. texte 8, note 2). Ici, dans le pays merveilleux des Phéaciens, c'est un vent agréable. C'est d'ailleurs le sens que prendra ce mot ultérieurement (cf. La Fontaine, *Le Chêne et le roseau* vers 10 : « Tout vous est aquilon, tout me semble zéphyr ».)
7. On foulait - généralement avec les pieds – les grappes de raisin pour en extraire le jus.

Lécythe (vase cylindrique avec goulot, anse et pied) attique à figures noires (VIe siècle avant J.-C.) représentant deux femmes tissant une pièce d'étoffe devant un grand métier vertical : celle de droite fait passer la navette entre les fils, l'autre les tasse au moyen d'un peigne (Metropolitan Museum, New-York).
© Snarck Archives/Édimédia.

bien rangées poussent le long de la dernière rangée de ceps, toujours verdoyantes. Deux sources y coulent : l'une se répand dans le jardin tout entier ; l'autre jaillit de l'autre côté, sous le seuil de la cour, vers la haute demeure, où vont puiser de l'eau les gens de la ville. Tels étaient les splendides présents des dieux au roi Alkinoos. Là le divin Ulysse qui a beaucoup souffert[8] se tenait immobile, contemplant tout cela.

## TEXTE 19 : **Échénéos et Alkinoos**
(VII, vers 159-177)

*Ulysse entre dans la grande salle du palais, se jette aux genoux d'Arété, épouse d'Alkinoos, et s'assied près du foyer. Échénéos, le plus âgé des héros phéaciens, intervient alors :*

8. Une des épithètes habituelles d'Ulysse, qui rappelle ses nombreuses épreuves.

Vase attique à figures rouges (Ve siècle avant J.-C.) représentant une scène de sacrifice : pendant que le prêtre dépose sur l'autel les entrailles de la victime qui y seront consumées, un jeune assistant verse une libation avec une cruche à vin. Le plant de laurier derrière l'autel donne à penser qu'il s'agit d'un sacrifice en l'honneur d'Apollon
(Musée du Louvre, Paris). © RMN/Chuzeville.

« Alkinoos, il n'est ni bon ni convenable qu'un étranger reste assis à terre, au bord du foyer, dans les cendres. Ceux qui sont ici se taisent en attendant tes paroles. Mais allons ; relève l'étranger et fais-le asseoir sur un siège aux clous d'argent ; puis ordonne aux hérauts[1] de mélanger du vin[2], afin que nous fassions une libation[3] à Zeus qui se plaît à lancer la foudre, et qui accompagne jusqu'à nous les suppliants dignes de respect. Et que l'intendante prenne en ses réserves le souper de notre hôte ! »

Lorsque le divin et puissant[4] Alkinoos entendit ces mots, ayant pris par la main le prudent Ulysse aux mille tours, il le releva du foyer et le fit asseoir sur un siège brillant, après

1. Personnage, de condition libre et souvent de rang royal, chargé de veiller aux assemblées, aux fêtes, aux sacrifices, aux cérémonies religieuses.
2. Pour la boisson et les libations aux dieux, le vin, très épais, est étendu d'eau.
3. Offrande rituelle : on offrait au dieu un liquide (vin, huile, lait) que l'on répandait sur le sol ou sur un autel.
4. Vieille expression formulaire de majesté, qui signifie littéralement : « la force sacrée d'Alkinoos ». Une expression semblable est employée pour Télémaque (cf. texte 36).

avoir fait se lever son fils, Laodamas au grand cœur, qui siégeait près de lui et qu'il aimait tout particulièrement. Une servante, portant de l'eau dans une belle aiguière[5] d'or, en versa dans un bassin d'argent pour qu'il se lave les mains, et dressa[6] devant lui une table de bois poli. La vénérable intendante apporta du pain qu'elle plaça devant lui, avec de nombreux aliments, cherchant à lui être agréable en puisant dans les réserves. Alors le divin Ulysse qui a beaucoup souffert but et mangea[7].

## TEXTE 20 : **Les dieux**

(VII, vers 199-206)

*Alkinoos accueille comme il se doit son hôte ; il s'interroge sur son identité, Ulysse n'ayant pas encore dit qui il est.*

« Si c'est un des immortels qui est descendu du ciel, en ce cas c'est quelque chose d'inhabituel que les dieux nous préparent : jusqu'ici en effet les dieux se sont toujours montrés à nous sans se déguiser. Chaque fois que nous faisons de magnifiques hécatombes[1], ils prennent part au festin en s'asseyant près de nous ; et si l'un de nous, même seul, les rencontre en voyageant, ils ne se cachent nullement, car nous sommes leurs parents[2], tout comme les Cyclopes[3] et les tribus sauvages des Géants[4]. »

5. L'aiguière est un vase à pied, muni d'un bec et d'une anse, qui sert à verser l'eau, en particulier pour se laver les mains.
6. Les tables n'étaient pas installées en permanence ; on les dressait suivant les besoins (d'où l'expression : « dresser la table »).
7. Cf. texte 18, note 8.
1. Étymologiquement, « hécatombe » signifie « sacrifice de cent bœufs » ou plus généralement grand sacrifice public. Par la suite, le mot a pris le sens de massacre d'un grand nombre de personnes ou d'animaux.
2. Les Phéaciens ont effectivement vécu autrefois près des Cyclopes, dont certains appartiennent à la génération des Géants.
3. Cf. note 2.
4. Cf. note 2.

# TEXTE 21 : **Le cheval de Troie**
## (VIII, vers 500-520)

*Au cours du festin offert par Alkinoos, l'aède*[1] *Démodocos, à la demande d'Ulysse qui n'a pas encore révélé son identité, raconte l'histoire du cheval de Troie.*

Il avait commencé au moment où les Argiens[2], ayant incendié leurs tentes, s'éloignaient sur leurs navires au bon tillac[3]. Mais déjà, avec le célèbre Ulysse, certains étaient postés, cachés dans le cheval, sur la place de Troie. En effet les

1. Poète qui chantait ou récitait en s'accompagnant sur la lyre.
2. Cf. texte 3 note 6.
3. Pont supérieur d'un navire en bois.

Amphore en terre cuite du VIIe siècle avant J.-C., représentant le cheval de Troie (Mykonos, Grèce, Musée archéologique). © Dagli Orti.

Troyens l'avaient tiré sur l'acropole[4]. Il était là, debout ; assis autour de lui les Troyens discutaient sans fin ; trois avis les retenaient : soit de mettre en pièces ce bois[5] creux d'un bronze impitoyable, soit de le précipiter en bas des rochers après l'avoir tiré jusqu'au sommet, soit de le garder comme une grande offrande pour charmer les dieux. C'est par lui qu'ensuite ils devaient périr : en effet c'était leur destinée de mourir depuis le jour où la ville avait caché le grand cheval de bois, dans lequel étaient en embuscade tous les Argiens les plus valeureux pour apporter aux Troyens le meurtre et la mort. Et l'aède chanta comment les fils des Achéens[6] ravagèrent la ville, jaillissant hors du cheval, abandonnant le creux de leur cachette. Et il chanta chacun d'eux dévastant un coin de ville haute, et Ulysse allant jusque chez Déiphobe[7], semblable à Arès[8], avec Ménélas pareil à un dieu. Et il dit comment il osa là le plus terrible des combats et fut ensuite vainqueur grâce à Athéna au grand cœur.

## d. LE RÉCIT D'ULYSSE

### - début

## TEXTE 22 : **Ulysse révèle son identité**
(IX, vers 16-38)

*Alkinoos, intrigué par les pleurs que verse Ulysse au récit de la prise de Troie, presse celui-ci de dire qui il est. Voici la réponse d'Ulysse :*

« Mais je vais vous dire mon nom, afin que vous aussi le connaissiez, et qu'ensuite, si je parviens à me soustraire au jour cruel, je sois toujours pour vous un hôte, même si j'ha-

4. Ville haute, souvent fortifiée.
5. La matière désigne ici l'objet : le bois désigne le cheval, et le bronze l'épée. Cette figure de style s'appelle une métonymie*.
6. Cf. texte 3, note 15.
7. Déiphobe est un des fils de Priam, roi de Troie.
8. Arès, fils de Zeus et d'Héra, est le dieu de la guerre.

bite loin. Je suis Ulysse fils de Laerte, moi dont toutes les ruses intéressent les hommes, et que ma gloire porte aux nues. J'habite Ithaque[1] qu'on aperçoit de loin, et où se trouve le Nérite[2] qui agite son feuillage, montagne remarquable. Des îles habitées se trouvent tout autour, très rapprochées, Doulichion[3], Samé[4], Zacynthe[5] couverte de bois. Ithaque, quant à elle, qui paraît basse sur la mer, est la plus éloignée à l'occident, alors que les autres sont du côté de l'orient et de la région du soleil. C'est une terre rude, mais elle nourrit de beaux jeunes gens. Quant à moi, je ne sais rien de plus doux que cette terre.

Et là-bas Calypso, divine entre les déesses, cherchait à me retenir au creux de ses cavernes, désirant vivement que je sois son époux, tout comme Circé cherchait à m'arrêter par la ruse au palais d'Aea[6], désirant vivement que je sois son époux[7], mais jamais, au fond de ma poitrine, mon cœur ne consentit. Tant il est vrai que rien n'est plus doux que la patrie et les parents, même si on habite au loin une riche demeure dans une terre étrangère, loin des parents. Eh bien allons ! Je veux te raconter mon retour malheureux, celui que Zeus a lancé contre moi à mon retour de Troie. »

## - les Cyclopes

## TEXTE 23 : **Présentation des Cyclopes**

(IX, vers 105-115)

*Après avoir dévoilé son identité, Ulysse se met à raconter aux Phéaciens son voyage et ses aventures. Avec ses compagnons, il arrive au pays des Cyclopes, dans la région de Naples, en Italie (voir carte).*

1. Cf. texte 2, note 4.
2. Le Nérite est une montagne d'Ithaque, située dans la partie sud de l'île (voir carte).
3. Doulichion est une des îles Échinades, tout près de la côte grecque.
4. Samé (aujourd'hui Céphalonie) se trouve à l'ouest d'Ithaque.
5. Zacynthe (aujourd'hui Zante) se trouve au sud d'Ithaque.
6. L'île d'Aea est le séjour de Circé (près de l'Italie).
7. Le texte grec est ici incertain, c'est pourquoi on trouve de nombreuses répétitions.

« Nous naviguons plus en avant, affligés dans notre cœur, et nous arrivons au pays des Yeux Ronds[1], gens arrogants, sans foi ni loi, qui s'en remettent aux dieux à tel point qu'ils ne font de leurs mains ni plantations ni labourage. Il n'y a chez eux ni assemblées délibérantes ni lois divines[2], mais ils habitent les cimes des grands monts, dans des cavernes profondes, et chacun gouverne ses enfants et ses épouses. Ils ne se préoccupent pas les uns des autres. »

## TEXTE 24 : **Le Cyclope Polyphème**
(IX, vers 364-435)

*Ulysse passe la nuit dans une petite île (appelée aujourd'hui Nisida qui signifie l'Îlot), tout près du pays des Cyclopes, et inhabitée. Elle n'est peuplée que de chèvres (Capri, autre île beaucoup plus grande située elle aussi dans le golfe de Naples signifie l'Ile aux chèvres). Le lendemain, il décide d'aller visiter la terre des Cyclopes. Il entre dans une grande caverne, vide, et s'installe pour attendre son occupant. Polyphème - c'est le nom du Cyclope - revient, se précipite sur deux compagnons d'Ulysse et les dévore. À l'aube, il mange deux autres Grecs et sort avec son troupeau. Ulysse fait alors durcir un pieu, et prépare sa vengeance. Quand Polyphème revient, Ulysse lui offre du vin, et lui parle.*

« Cyclope, tu veux savoir mon nom le plus connu ? Je vais te le dire. Mais toi, donne-moi le présent d'hospitalité, comme tu me l'as promis. Mon nom est Personne. Mon père, ma mère et tous mes compagnons m'appellent Personne. »

Ainsi parlai-je. Aussitôt celui-ci me répondit d'un cœur impitoyable :

« Je mangerai Personne le dernier, après ses compagnons : les autres passeront avant : tel sera mon présent d'hospitalité. »

Il dit et s'étant renversé il tomba sur le dos et se coucha, ayant incliné son cou épais, et le sommeil le prit, qui soumet

1. « Cyclopes » signifie littéralement « yeux rond » ou « qui roule les yeux ».
2. Les lois divines sont les décrets des dieux dont les rois et les juges s'inspirent pour rendre la justice.

tout. Mais de sa gorge il vomissait du vin et des morceaux de chair humaine, et il rotait, alourdi par le vin. Et moi, j'avais enfoncé le pieu sous un monceau de cendres, jusqu'à ce qu'il fût chaud, et j'encourageais tous mes compagnons de mes paroles afin qu'aucun d'eux, pris de peur, ne se dérobât. Lorsque le pieu d'olivier fut sur le point de prendre feu - bien qu'il fût vert, il commençait à rougeoyer de façon inquiétante - je le sortis du feu. Mes compagnons m'entouraient : un dieu leur insufflait une grande audace. Ayant soulevé le pieu d'olivier, ils en enfoncèrent la pointe dans son œil ; moi, appuyant fortement dessus, je le fis tourner. C'est ainsi qu'un homme perce à la tarière une poutre de navire, et que d'autres en dessous tirent sur la courroie qu'ils tiennent de chaque côté[1] : la tarière tourne toujours d'un mouvement constant. Ainsi, dans son œil, nous tenions et tournions le pieu à la pointe de feu. Le sang ruisselait autour du pieu brûlant. Le souffle de la prunelle en flammes consumait complètement ses paupières et ses sourcils, et les racines de l'œil grésillaient en brûlant. Lorsque celui qui travaille le bronze plonge une grande hache ou une hache à deux tranchants dans l'eau froide, le fer trempé résonne puissamment, car il résiste de toute sa force ; ainsi son œil sifflait autour du pieu d'olivier. Il poussa un gémissement terrible et la roche tout autour retentit. Mais nous, épouvantés, nous nous étions enfuis. Il arracha de son œil l'épieu trempé de sang, et le rejeta loin de ses mains, fou de douleur. Il appela à grands cris les Cyclopes, qui, dans son voisinage, habitaient des cavernes sur les sommets battus des vents. Ceux-ci, entendant ses cris, accoururent de toutes parts : debout autour de la grotte ils lui demandèrent pourquoi il souffrait.

« Pourquoi donc, Polyphème, ces cris et ces imprécations dans la nuit divine[2] et pourquoi nous fais-tu lever en nous réveillant ? Est-ce que par hasard quelque mortel, contre ton gré, veut te prendre ton troupeau ? Est-ce toi que l'on veut tuer par la ruse ou la force ? »

Et du fond de son antre le puissant Polyphème leur répondit :

« Mes amis, c'est Personne qui cherche à me tuer par la ruse, non par la force. »

1. La manœuvre évoquée ici est assez compliquée : il faut comprendre que, pendant que le charpentier pèse sur la partie supérieure de la tarière - grande vrille servant à faire des trous dans le bois - ses aides en font tourner la partie inférieure au moyen d'une courroie enroulée dont ils tiennent un bout de chaque côté et qu'ils tirent alternativement dans un sens puis dans l'autre.
2. La nuit et le sommeil sont considérés comme des présents des dieux.

Les autres répondirent avec ces mots ailés[3] :

« Si personne ne te fait violence, si tu es seul, c'est une maladie venue du grand Zeus ; on ne peut y échapper. mais toi, invoque Poséidon, notre père, notre roi[4]. »

À ces mots ils s'en allèrent, et je riais dans mon cœur, car mon nom et ma ruse parfaite les avaient abusés.

Mais le Cyclope gémissant et souffrant des douleurs cruelles, tâtonnant avec les mains, releva le rocher qui fermait l'entrée et s'assit près du seuil, étendant les deux bras, pour nous prendre si nous cherchions à sortir avec les moutons. Il espérait dans son cœur que je serais aussi sot ! Mais moi je calculais comment s'en tirer au mieux, à savoir si je

Coupe du V^e^ siècle avant J.-C. représentant Polyphème aveuglé par Ulysse et ses compagnons (BN, Paris). © Flammarion-Giraudon.

---

3. Vers formulaire, qui revient souvent dans les textes homériques.
4. Polyphème est le fils de Poséidon et de la nymphe Thoossa. C'est de cet épisode que date la colère de Poséidon contre Ulysse (cf. texte 3).

pourrais trouver un moyen d'échapper à la mort pour mes compagnons et moi-même, et j'ourdissais toutes sortes de ruses et d'intrigues, comme il est naturel quand il s'agit de la vie ; en effet un grand malheur nous menaçait. Et voici le projet qui me sembla en mon cœur le meilleur. Il y avait là ses béliers, bien nourris, à la toison épaisse, grands et beaux, ils avaient une laine violette[5]. Sans bruit je les attachai ensemble avec les osiers bien tordus qui servaient de lit au Cyclope, à ce monstre sans loi, en les liant par trois. Celui du milieu portait un homme, les deux autres, marchant de chaque côté, cachaient mes compagnons. Ainsi trois béliers faisaient passer un homme. Quant à moi, - il y avait un bélier beaucoup plus puissant que tous - l'ayant saisi par derrière, et m'étant couché sous son ventre laineux, je restais suspendu ; je me tenais solidement accroché des deux mains à sa toison merveilleuse avec un cœur patient.

*La ruse d'Ulysse réussit et les Grecs, au matin, lorsque Polyphème laisse sortir ses bêtes, franchissent sans encombre le seuil de la caverne et regagnent leur navire.*

## - Circé

## TEXTE 25 : **Circé**

(X, vers 230-243)

*Après avoir quitté la terre des Cyclopes, Ulysse et ses compagnons vont dans l'île d'Éole, puis chez les Lestrygons, et arrivent enfin à Aiaié[1], l'île de Circé (voir carte). Ulysse reste près du navire ; Euryloque s'éloigne avec vingt-deux hommes. Ils sont maintenant devant la demeure de la magicienne et l'appellent.*

Celle-ci sortit aussitôt, ouvrit ses portes brillantes et les appela. Et tous dans leur inconscience la suivirent. Seul

5. Violet sombre, presque noire.
1. L'île de Circé - également appelée Aea (cf. texte 22) - a conservé le nom que les poèmes homériques lui donnèrent. C'est, à l'ouest de la péninsule italienne, une haute montagne que les boues ont soudée à la plaine du Latium : elle s'appelle aujourd'hui Monte Circeo.

Euryloque resta, craignant un piège. Les ayant fait entrer, elle les fit asseoir sur des sièges et des fauteuils, et là elle mélangea du fromage, de la farine et du miel clair à du vin de Pramnos, et elle ajouta au mélange des drogues malfaisantes, pour leur enlever tout à fait le souvenir de la patrie. Lorsqu'elle leur eut donné ce breuvage et qu'ils eurent vidé la coupe, aussitôt, les ayant frappés de sa baguette magique, elle les enferma dans ses étables à porcs. Et des porcs ils avaient la tête, et la voix, et les soies, et le corps ; mais leur esprit était resté le même qu'auparavant. Ils étaient enfermés et pleuraient. Circé leur jetait des glands, des faines[2], et les fruits du cornouiller[3] pour qu'ils les mangent, comme ont coutume de manger les porcs qui couchent sur le sol.

*Ulysse, quant à lui, échappe aux effets des drogues de Circé, grâce à l'herbe de vie que lui a donnée Hermès[4]. Il demande à Circé de supprimer le sortilège dont ont été victimes ses compagnons. Celle-ci accepte. Les Grecs séjournent ensuite quelque temps dans l'île, et, sur les conseils de Circé, décident de se rendre chez Hadès[5], pour consulter le devin Tirésias sur la suite de leur voyage.*

## - les Enfers

## TEXTE 26 : **Tirésias**

(XI, vers 119-137)

*Ulysse consulte Tirésias, le devin de Thèbes, sur son avenir. Celui-ci lui prédit la suite de son voyage, puis son retour à Ithaque, où il se vengera des prétendants qui pillent ses biens.*

« Et quand dans ton palais tu auras tué les prétendants par la ruse ou bien ouvertement de ta lance de bronze, ensuite repars, muni d'une rame bien faite et va chez des gens qui

2. Fruits du hêtre.
3. Petit arbre commun des bois ou des haies, au bois dur ; on en faisait souvent des bâtons.
4. Messager des dieux.
5. Dieu des Enfers.

ne connaissent pas la mer et mangent leur nourriture sans y mêler de sel, et qui ne connaissent pas non plus les navires aux joues écarlates[1], ni les rames bien faites qui sont les ailes des vaisseaux. Je vais te donner un signe facile à reconnaître qui ne pourra t'échapper. Lorsque, te rencontrant, un autre voyageur dira que c'est un fléau[2] que tu portes sur ta robuste épaule, à ce moment précis, après avoir planté en terre ta rame bien faite et offert de beaux sacrifices au tout-puissant Poséidon - un bélier, un taureau et un porc de taille à saillir les truies - retourne chez toi et sacrifie des hécatombes[3] sacrées aux dieux immortels qui habitent le vaste ciel, à tous sans exception. Puis la mort te viendra hors de la mer[4], très douce, qui te prendra quand tu seras affaibli par une vieillesse abondamment pourvue de ressources ; autour de toi tes sujets seront heureux. Ce que je te dis là est la vérité. »

## TEXTE 27 : **Anticlée**

(XI, vers 181-203)

*Ulysse s'adresse ensuite à sa mère Anticlée, qu'il voit s'approcher de lui, et lui demande des nouvelles d'Ithaque. Voici la réponse d'Anticlée, qui commence en lui parlant de Pénélope, l'épouse d'Ulysse.*

« Elle te reste encore[1] tout à fait fidèle dans ton palais. Ses nuits se consument sans cesse dans le chagrin et le jour elle verse des larmes. Personne n'occupe encore ta belle charge de roi ; mais Télémaque administre en paix ton territoire et offre des festins dont les parts sont égales, comme il convient

1. Ce sont les flancs des navires, peints en rouge.
2. Le fléau est un outil constitué d'un manche et d'un battoir en bois (d'où la ressemblance avec une rame) reliés par des courroies, utilisé pour battre les céréales et pour séparer le grain de la balle, c'est-à-dire de son enveloppe.
3. Cf. texte 20, note 1.
4. Le sens ici n'est pas très clair : on peut comprendre qu'Ulysse ne mourra pas en naviguant, ou bien que la mort lui viendra de la mer (une légende racontée ultérieurement dit que Télégonos, fils d'Ulysse et de Circé, serait venu par mer à Ithaque et aurait tué son père sans le savoir). Mais ce second sens ne s'accorde pas avec la fin du texte.

1. Ulysse a demandé si Pénélope avait épousé, en sa trop longue absence, quelque noble Achéen.

que le fasse un homme qui rend la justice[2] ; en effet tous l'invitent[3]. Ton père reste aux champs, et ne descend plus en ville. Il n'a pour lui servir de couche ni matelas, ni couvertures, ni tapis brillants. Mais, durant l'hiver, il dort là où dorment dans la maison les domestiques, dans les cendres, près du feu, et il ne porte sur la peau que de vieux vêtements. Quand revient l'été puis l'automne luxuriant, quand partout sur les hauteurs de son vignoble les feuilles sont tombées, c'est par terre qu'il fait son lit. C'est là qu'il se couche tristement, et dans son cœur le chagrin s'accroît, dans l'attente de ton retour. En outre est venue sur lui la dure vieillesse. C'est ainsi en effet que moi aussi je suis morte et que j'ai accompli mon destin. Non, ce n'est pas Celle qui lance des traits[4] en atteignant le but qui, me touchant de ses douces flèches[5], dans le palais, m'a tuée. Ce n'est pas non plus quelque maladie, qui d'ordinaire ôte la vie par un affreux dépérissement du corps, mais le regret que j'avais de toi, et les soucis dont tu étais l'objet, glorieux Ulysse, et ma tendresse pour toi qui m'ôtèrent la vie douce comme le miel. »

## - Scylla et les sirènes

## TEXTE 28 : **Description de Scylla**
(XII, vers 85-100)

*Au sortir des Enfers, Ulysse revient auprès de Circé qui lui annonce la suite de son voyage : il devra d'abord résister aux Sirènes (cf. texte 29), puis affronter deux écueils terribles : Charybde et Scylla. Voici l'évocation de Scylla.*

« Là habite Scylla qui hurle de façon effrayante. Sa voix est celle d'une chienne toute jeune ; mais c'est pourtant un monstre affreux. Personne ne peut se réjouir de la voir, ni

2. Une des attributions du roi était de rendre la justice.
3. Lorsqu'Anticlée est morte et même lorsqu'elle parle à Ulysse (sept ans avant son retour à Ithaque), les prétendants n'ont pas encore commencé à piller les biens du héros.
4. Artémis. (cf. texte 13, note 2).
5. Les flèches d'Apollon et d'Artémis procurent une mort douce.

même un dieu de la rencontrer. Ses pieds sont au nombre de douze et sont tous des moignons. Elle a six cous très longs, et sur chacun une tête effrayante. Dans chaque tête, une triple rangée de dents, serrées et nombreuses, remplies du noir trépas[1]. Elle est enfoncée à mi-corps dans le creux du rocher, pointe ses têtes à l'extérieur du gouffre terrible, et sans bouger de place, explorant avidement le rocher, pêche les dauphins et les chiens de mer, et quelquefois, si elle peut en prendre, un animal plus grand, parmi ceux que nourrit par milliers la mugissante Amphitrite[2]. Jamais encore les marins ne se sont vantés d'être passés par là sans dommage : avec chaque tête elle emporte un homme après l'avoir arraché du navire à la proue bleu sombre. »

*Suit la description de Charybde, toute proche de Scylla et tout aussi dangereuse.*

## TEXTE 29 : **Les Sirènes**

(XII, vers 173-200)

*Ulysse a quitté l'île de Circé, et arrive dans les lieux où se trouvent les Sirènes. Celles-ci sont redoutables car, par leurs chants envoûtants, elles incitent les marins à se jeter à l'eau et à se noyer. Ulysse procède aux préparatifs que Circé lui a recommandés pour échapper à leur pouvoir.*

« Et moi, de mon poignard de bronze ayant coupé menu un grand disque de cire, je le pétris de mes mains robustes. La cire se ramollit vite, car elle était assouplie par ma forte pression et par l'éclat du soleil, le tout-puissant fils d'Hypérion[1]. À mes compagnons, l'un après l'autre je bouchai les oreilles avec la cire, et eux, dans le navire, m'attachèrent les bras et les jambes ensemble et me lièrent debout au mât, puis ils fixèrent à celui-ci les extrémités de la corde.

1. La mort est comme une ombre noire qui se répand sur le mourant et assombrit en lui tous les sens.
2. Néréide - c'est-à-dire nymphe de la mer - épouse de Poséidon (cf. texte 8).
1. Hypérion, c'est-à-dire « Celui d'en-haut » est le père d'Hélios, le soleil (cf. texte 1, note 4).

Ulysse et les sirènes. Terre cuite.


Eux-mêmes, s'étant assis, frappèrent de leurs rames les flots blanchâtres. Le navire arriva à portée de voix. Nous poursuivions rapidement notre route, mais le vaisseau rapide bondissant tout près d'elles n'échappa pas aux Sirènes, et elles composèrent un chant mélodieux.

« Viens ici, célèbre Ulysse, sujet de gloire des Achéens[2], arrête ton navire, afin d'écouter notre voix. Jamais encore on n'est passé à côté de ce lieu sur un noir vaisseau avant d'avoir écouté les doux sons qui sortent de nos lèvres. Puis on s'en va charmé, ayant appris beaucoup, car nous savons tout ce que les Argiens[3] et les Troyens, dans la vaste Troade[4] ont subi par la volonté des dieux, et nous savons tout ce qui se passe sur la terre féconde. »

Elles chantaient ainsi, lançant leurs belles voix. Et en mon cœur je désirais les écouter, et j'ordonnais à mes compagnons de me détacher en fronçant les sourcils. Mais eux, se courbant, tiraient sur les rames ; Périmède et Euryloque, se levant aussitôt, m'ajoutèrent des liens et les resserrèrent. Lorsque nous les eûmes dépassées, nous n'entendîmes plus ni le cri ni le chant des Sirènes. Mes fidèles compagnons enlevèrent alors la cire dont j'avais bouché leurs oreilles, et me détachèrent de mes liens. »

2. Cf. texte 3, note 15.
3. Cf. texte 3, note 6.
4. La Troade est la région de Troie (voir carte).

## TEXTE 30 : **Scylla**
(XII, vers 245-259)

*Après les Sirènes, les Grecs doivent affronter Scylla.*

« Pendant ce temps[1], Scylla enleva dans le navire creux six de mes compagnons qui étaient les meilleurs par les bras et la force. Scrutant le navire rapide à la recherche de mes compagnons, j'aperçus en l'air leurs pieds et leurs mains alors qu'ils étaient emportés. Ils criaient en m'appelant par mon nom pour la dernière fois, s'affligeant dans leur cœur. Comme on voit un pêcheur qui, sur un rocher, au bord de la mer, de sa très longue gaule, a lancé aux petits poissons de la nourriture pour les prendre et laisse aller dans la mer la corne du bœuf des champs[2], et ensuite rejette au-dehors le poisson qu'il a pris et qui se débat, ainsi ceux-ci se débattaient, soulevés contre les rochers. Et Scylla, sur place[3], sur le seuil de son antre, les dévorait hurlants, et me tendant les mains dans cet affreux combat. C'est là la chose la plus atroce que je vis de mes yeux parmi tous les maux que j'ai subis en cherchant les passes[4] de la mer. »

# 4. LE RETOUR À ITHAQUE

## a. EUMÉE

## TEXTE 31 : **La géographie de l'*Odyssée***
(XV, vers 403-414)

*Après avoir échappé à Scylla, Ulysse et ses compagnons arrivent à l'île du Soleil (la Sicile actuelle) où le Soleil possède un*

1. Les marins sont en train de regarder Charybde.
2. La ligne, au-dessus de l'hameçon, passait dans un tube en corne qui l'empêchait d'être coupée par le poisson.
3. Scylla dévore ses compagnons sous les yeux mêmes d'Ulysse.
4. Les navigateurs ont de tout temps recherché les « passes », c'est-à-dire les détroits qui permettent de passer d'une partie de la mer dans une autre (détroit de Messine, de Gibraltar...). Les livres de mer (Périples, Portulans ou Instructions nautiques) décrivaient les havres (ou mouillages) et les passes.

*superbe troupeau. Malgré les recommandations d'Ulysse, ceux-ci tuent les plus belles des vaches du Soleil : leur châtiment sera de périr dans un naufrage. Seul Ulysse en réchappe et arrive chez Calypso. C'est ici que se termine le récit qu'Ulysse fait aux Phéaciens de ses aventures.*
*Après ce récit, Ulysse quitte l'île des Phéaciens et arrive à Ithaque. Il est conseillé par Athéna pour se débarrasser des prétendants. La déesse le transforme en vieillard et Ulysse va d'abord chez Eumée, le porcher. Celui-ci raconte son histoire et ses origines.*

« On appelle Syros[1] une île, si tu connais ce nom, au-dessus d'Ortygie[2], là où le soleil disparaît chaque soir. Ce n'est pas très peuplé, mais c'est une bonne terre, abondante en pâturages, en brebis, en vin, en blé. Jamais la famine ne menace la population, jamais une terrible maladie ne vient s'abattre sur les pauvres mortels ; mais, quand les hommes qui habitent la ville vieillissent, Apollon à l'arc d'argent vient avec Artémis et' s'approchant d'eux, les tue de ses douces flèches[3]. Il y a deux cités ; tout est partagé entre elles. Sur toutes deux régnait mon père, Ctésios, fils d'Orménos, tout à fait semblable aux immortels. »

## b. IROS

## TEXTE 32 : **Le combat contre Iros**
(XVIII, vers 89-111)

*Ulysse se dévoile à son fils Télémaque, revenu de Pylos, et lui expose son plan. Il se rend au palais, toujours déguisé en vieillard ; son chien Argos le reconnaît. Dans le palais, il se trouve en butte aux moqueries d'un autre mendiant, Iros, qui veut par jalousie le chasser. Ulysse et Iros en viennent aux mains.*

Tous deux se mirent en garde. Le divin Ulysse qui a beaucoup souffert[1] se demanda s'il le frapperait de façon à ce que

1. Ile des Cyclades (voir carte).
2. Ancien nom de Délos, île des Cyclades (voir carte).
3. Cf. texte 27, note 5.
1. Cf. texte 18, note 8.

son âme le quitte au moment même où il tomberait, ou s'il le frapperait doucement et l'étendrait à terre. Comme il réfléchissait ainsi, il lui parut plus avantageux de le frapper doucement, afin que les Achéens[2] ne le reconnaissent pas. Ils levèrent les mains. Iros frappa l'épaule droite d'Ulysse, mais celui-ci lui frappa le cou, sous l'oreille, et broya les os à l'intérieur. Aussitôt jaillit de la bouche d'Iros le sang rouge sombre ; il tomba dans la poussière en gémissant, se cassant les dents et frappant la terre de ses pieds. Et les nobles prétendants, les bras levés au ciel, mouraient de rire. Alors Ulysse le tira par la porte de devant en le prenant par un pied, afin de gagner la cour et les portes de la galerie[3] et il l'assit, appuyé contre le mur de la cour, lui mit son bâton dans les mains et d'une voix forte lui adressa ces paroles ailées[4] :

« Maintenant, reste assis là et écarte les porcs et les chiens, mais ne commande plus aux étrangers ni aux mendiants de façon méprisante, de peur que ne t'atteigne un mal plus grand encore. »

Il dit et mit sur ses épaules son ignoble besace qui avait déchirure sur déchirure ; la courroie en était une corde. Puis il revint au seuil de la salle et s'assit. Les autres rentraient en riant doucement et l'accueillaient avec des paroles bienveillantes.

## C. EURYCLÉE

### TEXTE 33 : **Le bain de pieds**

(XIX, vers 386-394)

*Pénélope demande à Ulysse qui il est ; celui-ci prétend être originaire de Crète et y avoir vu Ulysse. Il affirme à la reine que son époux va revenir. Pour le remercier de ces bonnes nouvelles, Pénélope demande à Euryclée, la vieille nourrice d'Ulysse, de laver les pieds de leur hôte.*

2. Cf. texte 3, note 15.
3. Portique ou galerie sur la cour, vers l'est et le midi, toujours exposés au soleil (d'où son nom en grec qui signifie « brûlante ») et servant de lieu de repos aux voyageurs.
4. Cf. texte 24, note 3.

Coupe attique à figures rouges (Ve siècle avant J.-C.) représentant un chasseur qui tient un épieu dans la main gauche, et qui se défend à l'épée contre un sanglier. © Édimédia.

La vieille femme prit un chaudron brillant pour lui laver les pieds ; elle y versa beaucoup d'eau froide, puis ajouta de l'eau chaude. Ulysse s'était assis près du foyer, et avait tourné aussitôt le dos à la lumière, car il pressentit dans son cœur que la vieille femme en lui prenant le pied risquait de reconnaître une cicatrice et que tout pouvait être révélé. Celle-ci, s'étant avancée plus près de son maître, le lava. Et aussitôt elle reconnut la cicatrice qu'autrefois un sanglier lui avait faite en le frappant de sa blanche défense, alors qu'il était sur le Parnasse[1].

*Suit le récit des circonstances dans lesquelles, autrefois, Ulysse avait reçu cette cicatrice...*

## TEXTE 34 : **Euryclée reconnaît Ulysse**
(XIX, vers 467-475)

La vieille femme en tâtant sa jambe du plat de la main[1] reconnut la blessure et lâcha son pied. La jambe retomba dans le chaudron. Le bronze résonna, le chaudron bascula sur un côté, et l'eau se répandit par terre. La joie et la douleur s'emparèrent du cœur de la nourrice. Ses yeux se remplirent de larmes et sa voix forte défaillit. Enfin, ayant pris Ulysse par le menton, elle dit :

« Tu es donc Ulysse, mon cher enfant ! Et moi qui ne t'ai pas reconnu avant, avant de t'avoir touché, mon maître ! »

1. Montagne de Phocide et de Locride, dans la région de Delphes (voir carte).
1. Ne pas oublier qu'Ulysse est dans l'ombre (cf. texte 33).

## d. PÉNÉLOPE

### TEXTE 35 : **Le songe de Pénélope**
(XIX, vers 536-553)

*Ulysse persuade Euryclée de ne rien dire à personne. Pénélope raconte alors un songe qu'elle a fait...*

« Vingt oies dans ma cour, sorties de l'eau, mangeaient du grain, et je me réjouissais de les voir ; mais, venant de la montagne, un grand aigle au bec recourbé leur brisa le cou et les tua. Elles gisaient en tas dans la cour, et lui remonta vers l'éther[1] divin. Et moi je pleurais et me lamentais, toujours dans mon rêve. Autour de moi se rassemblèrent les Achéennes aux belles boucles, et moi, d'une manière pitoyable, je pleurais mes oies que l'aigle avait tuées. Mais celui-ci revint et se posa sur le bord du toit, et, prenant une voix humaine, il m'arrêta et me dit :

« Courage, fille d'Icare connu au loin ! Ce n'est pas là un songe, mais une heureuse réalité, qui va s'accomplir. Les prétendants sont les oies, moi qui étais l'aigle auparavant, maintenant je reviens en étant ton époux, et je vais infliger à tous les prétendants une mort indigne. »

Il parla ainsi. Le sommeil doux comme du miel m'avait quittée. Ayant jeté un coup d'œil dans le palais, je vis les oies qui se repaissaient de grain près de la mangeoire, à l'endroit habituel. »

## e. LE CONCOURS

### TEXTE 36 :**Télémaque prépare le concours**
(XXI, vers 118-135)

*Pénélope dit à Ulysse qu'elle va préparer pour les prétendants l'épreuve des douze haches, et qu'elle épousera le vainqueur.*

1. Région supérieure de l'air, considérée comme la demeure des dieux.

*Ulysse l'approuve. Après le banquet offert aux prétendants, Télémaque prépare le concours.*

Il rejeta son manteau de pourpre de ses épaules et, s'étant dressé d'un bond, enleva l'épée acérée pendue à son épaule[1]. D'abord, il mit en place les haches après avoir creusé un seul long fossé pour elles toutes, puis il les aligna au cordeau et tassa la terre autour d'elles[2]. La stupeur saisit tous les Achéens : il les avait si bien disposées, et il ne l'avait jamais vu faire auparavant ! Puis il se plaça sur le seuil et fit l'essai de l'arc. Trois fois il essaya, désirant ardemment le tendre, et trois fois il laissa aller sa force, tout en espérant encore en son cœur pouvoir tendre la corde et lancer un trait à travers le fer. Et peut-être allait-il la tendre, tirant fortement sur la corde pour la quatrième fois, mais Ulysse releva la tête en arrière[3] et l'arrêta malgré son désir.

Le divin et puissant[4] Télémaque leur dit alors :

« Hélas, est-ce que je serai à tout jamais lâche et faible, ou bien suis-je trop jeune et ne puis-je pas encore me fier à mes bras pour repousser celui qui voudrait m'attaquer le premier ? Mais allons ; vous qui m'êtes supérieurs par la force, essayez cet arc, et achevons le concours. »

## TEXTE 37 : **Ulysse bande l'arc**

(XXI, vers 404-434)

*Après avoir essayé en vain de tendre la corde de l'arc, les prétendants acceptent qu'Ulysse essaye à son tour.*

Ulysse aux mille tours souleva le grand arc et le regarda bien, et comme un homme qui sait manier la lyre et chanter

1. L'épée était suspendue à l'épaule par un baudrier.
2. Les douze fers de haches sont plantés en terre, alignés ; le but du jeu est de faire passer une flèche dans les douze trous qui servent à emmancher les haches. Le texte ne dit pas où Télémaque a disposé ces haches (on sait seulement que le tireur se place sur le seuil du mégaron, c'est-à-dire de la grande salle du palais). Sont-elles dans la salle même ou dans la cour ? La suite des événements semble signifier que le concours a lieu à l'intérieur de la salle, où les prétendants seront ensuite pris au piège.
3. C'est le signe de dénégation des Grecs ; c'est encore ainsi que font les Grecs aujourd'hui pour signifier « non » de la tête.
4. Littéralement : « la force sacrée de Télémaque ». (Cf. texte 19, note 4).

tend facilement la corde sur la clef, en fixant à chaque bout le boyau de mouton bien tordu, ainsi Ulysse tendit[1] sans peine le grand arc et, ayant saisi la corde de sa main droite, l'essaya sous l'action de la main. Celle-ci chanta bien, d'un cri d'hirondelle. L'affliction fut grande chez les prétendants ; tous changèrent de couleur. Et Zeus frappa un grand coup de tonnerre, montrant sa volonté. Et il se réjouit, le divin Ulysse qui a beaucoup souffert, parce que le fils de Cronos[2] à l'esprit retors lui avait envoyé un présage. Il prit la flèche rapide qui, sortie du carquois, se trouvait sur la table. Les autres se trouvaient dans le creux du carquois, celles dont les Achéens allaient bientôt éprouver les effets. Tenant donc cette flèche dans le coude de l'arc, il tira la corde et les encoches[3] et, du siège même où il était assis, il envoya la flèche en visant droit au but. Et il ne manqua aucune des haches à partir de l'œil[4] de la première. Le trait lesté d'airain[5] passant de part en part sortit à l'autre bout. Et Ulysse dit à Télémaque :

« Télémaque, il n'est pas ridicule, l'étranger[6] assis en ton palais ; je n'ai ni manqué le but ni beaucoup forcé pour tendre l'arc. Ma force est encore solide, contrairement à ce que disaient de façon injurieuse les prétendants qui me méprisaient. Mais il est l'heure d'apprêter aussi un souper pour les Achéens, pendant qu'il fait encore jour. Ensuite on se divertira autrement, par les chants et la lyre. Ce sont là en effet ornements du festin. »

Il dit et fit un signe à Télémaque en fronçant les sourcils. Celui-ci, Télémaque, le fils chéri du divin Ulysse, ceignit l'épée acérée[7] ; et il se saisit de sa lance. Tout près de lui, contre son fauteuil, elle se dressait, armée d'une pointe d'airain étincelant.

---

1. Il faut comprendre que la corde n'est fixée qu'à une extrémité de l'arc, et qu'il faut donc la tendre pour la fixer à l'autre extrémité (d'où la comparaison avec la lyre).
2. Zeus est le fils de Cronos (cf. texte 3, note 12).
3. Ulysse, de la main gauche, maintient l'extrémité pointue de la flèche au coude de l'arc et, de la main droite, il tire à lui la corde en même temps qu'il serre les encoches de la flèche dont l'arrière repose sur la corde.
4. L'œil de la hache est le trou où s'insère le manche. C'est par là que doit passer la flèche (cf. texte 36 note 2).
5. L'airain est l'autre nom du bronze.
6. Ulysse parle ici de lui à la troisième personne, mais passe ensuite à la première.
7. Télémaque avait déposé son épée (cf. texte 36, note 1).

## f. LE CHÂTIMENT

# TEXTE 38 : **La mort d'Antinoos**
(XXII, vers 5-42)

*Immédiatement après son succès, Ulysse entreprend de se venger des prétendants.*

[...] Il dit aux prétendants :

« C'en est fini de ce jeu anodin[1]. Il y a maintenant un autre but, que personne n'a encore atteint. Je veux voir si je l'atteindrai, si Apollon me procurera cette gloire. »

Il dit et décocha sur Antinoos[2] une flèche cruelle. Celui-ci allait soulever une belle coupe d'or, à deux anses, et il la tenait de ses deux mains, pour boire du vin. Ce n'était pas à la mort qu'il songeait en son cœur. Qui aurait pensé qu'un homme seul au milieu d'une telle foule d'invités, si valeureux fût-il, préparait pour lui une mort douloureuse et un noir trépas ? Ulysse, ayant visé, atteignit de sa flèche la gorge d'Antinoos. La pointe traversa le cou délicat. Antinoos chancela. La coupe lui échappa des mains, au moment où il reçut le trait. Aussitôt un épais flot de sang humain coula de ses narines. D'un mouvement brusque, en la frappant du pied, il repoussa la table, et les plats se répandirent à terre : pain, viandes rôties se mélangèrent à la poussière. Les prétendants, lorsqu'ils virent l'homme à terre, se levèrent vivement des sièges et coururent dans la salle, cherchant des yeux partout sur les murs bien joints où prendre un bouclier ou une lance solide[3]. Ils invectivaient Ulysse de ces mots furieux :

« Étranger, c'est pour ton malheur que tu envoies tes flèches contre des hommes. Tu ne prendras plus part à aucun concours. Maintenant le précipice de la mort est pour toi chose sûre. Car tu viens de tuer un homme qui était le meilleur des jeunes gens d'Ithaque. C'est pourquoi les vautours d'ici vont te dévorer. »

Ainsi parlait chacun, car ils pensaient qu'Ulysse avait tué sans le vouloir. Ces fous ne voyaient pas qu'ils étaient tous

1. Divers sens contradictoires sont proposés pour le mot grec : invincible, décisif, anodin...
2. Le plus en vue et le plus arrogant des prétendants (cf. texte 5).
3. Toutes les armes qu'ils auraient pu utiliser ont été auparavant enlevées par Télémaque, sur ordre d'Ulysse.

dans les liens de la mort. Leur jetant un regard irrité, Ulysse aux mille tours[4] leur dit :

« Chiens, vous pensiez que je ne reviendrais plus chez moi du pays des Troyens, puisque vous pilliez ma maison, puisque vous couchiez de force avec mes servantes, et puisque, moi vivant, vous cherchiez à séduire ma femme, sans craindre les dieux qui occupent le vaste ciel, sans penser que la réprobation[5] des hommes s'exercerait ensuite. Maintenant vous êtes tous aussi dans les liens de la mort. » Il parla ainsi. Tous furent envahis par la pâle terreur ; chacun cherchait des yeux où fuir le précipice de la mort.

## TEXTE 39 : **Le massacre des prétendants**

(XXII, vers 297-309)

*Avec l'aide d'Athéna, Ulysse et Télémaque triomphent de tous les prétendants.*

Alors Athéna tint son égide[1] meurtrière pour les mortels au-dessus des prétendants, du haut du plafond, et frappa d'effroi leurs esprits. Ceux-ci s'enfuirent dans la grande salle comme un troupeau de génisses qu'un taon agile, s'étant élancé vers elles, tourmente au moment du printemps, lorsque les jours s'allongent. Mais Ulysse et les siens[2] étaient comme des vautours aux serres recourbées et au bec crochu qui, venant des montagnes, fondent sur les oiseaux - et ces derniers fuient, effrayés, les nuages[3], et se précipitent dans la plaine, mais les vautours les tuent, ayant fondu sur eux : il n'y a ni résistance ni fuite possible, et les hommes suivent la chasse avec intérêt. Ainsi ils frappaient avec véhémence les prétendants dans le palais en s'élançant sur eux. Et un gémissement horrible s'élevait des crânes fracassés, et le sol tout entier roulait du sang.

4. Cf. texte 1, note 2.
5. Il s'agit ici de la réprobation qui s'attache à un acte contraire à l'honneur, aux convenances, à la sagesse. Cette réprobation prend souvent un aspect collectif.
1. L'égide (cf. texte 13, note 6) est une arme à la fois offensive et défensive.
2. Télémaque, Eumée le porcher et Philoetios le bouvier.
3. Parce que les vautours se trouvent dans les hauteurs du ciel.

# TEXTE 40 : **Le châtiment des servantes**
(XXII, vers 446-473)

*Après le massacre des prétendants, Ulysse demande à Euryclée d'aller chercher les servantes infidèles, qui l'ont trahi en faisant alliance avec les prétendants.*

Les filles infidèles entrèrent toutes dans la salle, se lamentant affreusement, versant des larmes abondantes. D'abord, elles emportèrent les cadavres et les déposèrent sous le portique[1] de la cour bien fermée, s'appuyant les unes sur les autres[2]. Ulysse commandait lui-même en pressant la besogne. Et elles les emportaient, bien que ce fût à contrecœur. Ensuite elles lavèrent à grande eau, avec des éponges aux nombreux trous, les beaux sièges et les tables. Puis Télémaque, le bouvier[3] et le porcher[4] raclèrent avec des pelles le sol de la salle solidement bâtie. Les servantes emportaient les ordures et les mettaient dehors.

Lorsque toute la salle eut été mise en ordre, ils emmenèrent les servantes hors de la salle solide, ils les enfermèrent dans un lieu étroit entre le pavillon[5] et la solide enceinte de la cour, d'où il n'était pas possible de s'enfuir.

Le prudent Télémaque prit alors la parole :

« Il ne sera pas dit que c'est par une mort propre que je prendrai la vie de celles qui versaient la honte sur ma propre tête et sur celle de ma mère, et qui couchaient avec les prétendants. »

Il parla ainsi et, ayant fixé à une grande colonne la corde d'un navire à la proue d'un bleu sombre, il la passa autour du pavillon et la tendit en l'air, de façon à ce que les pieds des servantes ne touchent pas le sol. Comme des grives aux larges ailes ou des colombes qui se précipitent dans le filet tendu sur un buisson, en regagnant le nid - et c'est un lit funeste qui leur est procuré - ainsi, les têtes des servantes étaient en ligne et elles avaient toutes une corde autour du cou, pour une mort atroce. Leurs pieds s'agitèrent peu de temps, ce ne fut pas long.

1. Cf. texte 32, note 2.
2. Sens douteux ; soit les servantes s'appuient les unes sur les autres pour se soutenir mutuellement, soit elles appuient les cadavres les uns contre les autres, après les avoir déposés.
3. Philoetios (cf. texte 39).
4. Eumée (cf. texte 39).
5. Voûte, coupole bâtie dans la cour et où l'on conservait les provisions et les ustensiles de cuisine.

## g. LES RETROUVAILLES

### TEXTE 41 : **Le lit**

(XXIII, vers 174-208)

*La nourrice Euryclée annonce à Pénélope le retour d'Ulysse. Pénélope hésite à la croire, et, pour connaître la vérité, va tendre un piège à Ulysse. Celui-ci vient de demander à Euryclée de lui dresser un lit, puisque Pénélope répugne à le reconnaître. Voici la réponse de Pénélope :*

« Insensé, je n'éprouve envers toi ni orgueil, ni dédain, ni grand déplaisir et je sais bien que tu es celui qui est parti d'Ithaque sur un navire aux longues rames. Mais allons, Euryclée, prépare-lui dans notre chambre solidement bâtie le lit moelleux que lui-même avait fait. Là, dressez[1] le lit solide et mettez-y la literie : les toisons, les couvertures et les tapis brillants. »

Elle parlait ainsi pour éprouver son époux. Mais Ulysse indigné dit à sa fidèle compagne :

« Ô femme, tu m'as dit des paroles qui m'affligent. Qui a déplacé mon lit ? Car ce serait difficile, même pour un homme habile, sans l'intervention d'un dieu qui, s'il le voulait, le changerait facilement de place. Mais aucun homme mortel, même dans la fleur de sa jeunesse, ne le déplacerait, même avec effort, car ce lit bien travaillé présente un trait particulier. Je l'ai fait seul, sans aide. À l'intérieur de l'enceinte avait poussé le rejeton d'un olivier aux longues feuilles, dans toute sa vigueur, florissant, il était épais comme une colonne. Tout autour je construisis notre chambre, la bâtis avec de petites pierres bien appareillées, la couvris d'un bon toit, la fermai de portes bien ajustées, étroitement emboîtées. Ensuite je coupai le feuillage de l'olivier aux longues feuilles, et, ayant équarri[2] la souche depuis la racine, je la polis tout autour adroitement et l'alignai au cordeau ; je la façonnai en pied de lit, et je perçai à la tarière[3] toutes les autres pièces de bois. En prenant la souche pour

1. Pénélope désigne par cette deuxième personne du pluriel Euryclée et les servantes qui vont l'aider.
2. Équarrir un arbre signifie lui donner une forme se rapprochant d'un parallélépipède (comme une poutre par exemple).
3. Cf. texte 24, note 1.

premier montant, je rabotai les pièces du lit que j'ornai de plaques d'or, d'argent et d'ivoire. Je tendis enfin une sangle de cuir brillante de pourpre. Voilà le trait particulier dont je te parlais. Mais je ne sais si mon lit est encore en place, femme, ou si quelque homme l'a porté ailleurs, en coupant à la base la souche de l'olivier. »

Il parla ainsi. Les genoux et le cœur de Pénélope défaillirent, lorsqu'elle reconnut les signes évidents que lui donnait Ulysse. Alors, en larmes, elle courut vers lui, jeta ses bras autour du cou de son Ulysse et l'embrassa au front.

## TEXTE 42 : **Les retrouvailles avec Laerte**
(XXIV, vers 321-348)

*Après avoir retrouvé Pénélope, Ulysse, en compagnie de Télémaque, d'Eumée et de Philoetios, se rend auprès de Laerte, son père, afin de se faire aussi reconnaître de lui. C'est Ulysse qui parle :*

« C'est moi, mon père, celui-là même sur qui tu m'interroges. Je suis revenu dans ma patrie après vingt ans d'absence. Mais cesse de te lamenter, de gémir et de pleurer. Car je vais te dire - et il faut toutefois nous hâter - j'ai tué les prétendants dans notre palais, leur faisant expier l'outrage douloureux et les actions mauvaises. »

Alors Laerte prit à son tour la parole et lui dit[1] :

« Si tu es bien Ulysse, mon enfant, revenu ici, donne-moi une preuve évidente, afin que je sois sûr. »

Prenant la parole à son tour, Ulysse aux mille tours[2] lui dit[3] :

« Considère d'abord de tes yeux cette cicatrice, qu'un sanglier à la blanche défense me fit sur le Parnasse[3]. C'est toi et ma vénérable mère qui m'aviez envoyé chez Autolycos, le père de ma mère, pour que j'y prenne les cadeaux qu'il avait promis de me donner lorsqu'il était venu ici. Mais allons, je vais te citer aussi les arbres que tu m'as jadis donnés dans

1. Vers formulaire, que l'on retrouve souvent chez Homère.
2. Cf. texte 1, note 2.
2. Cf. note 1 : c'est le même vers, avec très peu de différences.
3. Cf. texte 34 : Euryclée reconnaît Ulysse.

Le domaine de Laerte dans l'île d'Ithaque
(Victor Bérard, *Dans le sillage d'Ulysse*).
© Ducange/Top.

ce jardin bien travaillé, et moi je te questionnais sur chacun lorsque j'étais enfant, te suivant dans le jardin. Nous allions de l'un à l'autre, et tu me les nommais et me parlais de chacun. Tu me donnas treize poiriers, dix pommiers et quarante figuiers. tu me désignas cinquante rangs de ceps que tu me donnerais : chacun d'eux mûrissait à des époques différentes. Sur ceux-ci se trouvaient des grappes de toutes sortes, quand du haut du ciel les saisons de Zeus les avaient fait mûrir. »

Il parla ainsi. Les genoux et le cœur de Laerte défaillirent lorsqu'il reconnut les signes évidents que lui donnait Ulysse[5]. Au cou de son enfant il jeta les deux bras. Tout contre lui le divin Ulysse qui a beaucoup souffert[6] le reçut défaillant.

5. Ce passage reprend mot pour mot - avec fort peu de différences - les vers du chant XXIII qui expriment l'émotion de Pénélope (cf. texte 41).
6. Cf. texte 18, note 8.

## h. LE DÉNOUEMENT

## TEXTE 43 : **Athéna et Zeus**

(XXIV, vers 467-488)

*Ulysse et Laerte rentrent au palais et se restaurent, mais une partie des habitants d'Ithaque se révolte sous la conduite d'Eupithès, père d'Antinoos, le premier des prétendants tués par Ulysse.*

Lorsqu'ils eurent revêtu l'airain éblouissant, ils se rassemblèrent en troupe serrée devant la vaste cité. Eupithès avait pris la tête de ces insensés : il disait qu'il vengerait le meurtre de son fils. Mais il ne devait pas revenir de là-bas : il allait achever son destin.

Athéna dit alors à Zeus fils de Cronos :

« Ô mon père, fils de Cronos, le plus puissant des chefs, réponds à ma demande. Quel dessein cache ton esprit ? Vas-tu faire durer cette guerre mauvaise et cet effroyable combat, ou vas-tu rétablir l'amitié entre les deux camps ? »

Prenant à son tour la parole, Zeus l'assembleur de nuées[1] lui répondit :

« Mon enfant, pourquoi ces questions et ces demandes ? N'est-ce pas toi qui as voulu qu'Ulysse en revenant se vengeât de ces gens ? Fais comme tu veux, mais je vais te dire mon avis. Puisque le divin Ulysse a châtié les prétendants, il faut échanger des promesses de fidélité : qu'Ulysse continue à régner ; quant à nous, faisons oublier le meurtre des fils et des frères ; que tous soient unis comme auparavant, et que la richesse et la paix fleurissent de nouveau ! »

Ayant ainsi parlé il aviva encore l'impatience d'Athéna qui, s'élançant impétueusement, descendit des sommets de l'Olympe.

---

1. Encore une épithète de Zeus (cf. texte 3, note 7).

# TEXTE 44 : **Le dernier combat**

(XXIV, vers 520-547)

*Ulysse, Télémaque, Laerte et leurs compagnons sortent du palais et affrontent la troupe commandée par Eupithès. Le poète nous présente d'abord Laerte.*

Pallas Athéna insuffla à Laerte une grande vigueur. Celui-ci, après avoir adressé une prière à la fille du grand Zeus, brandit la javeline qui projette son ombre au loin[1], la lança aussitôt et atteignit Eupithès à travers son casque aux joues d'airain. Celui-ci n'arrêta pas la javeline, qui traversa le bronze. Eupithès s'écroula avec bruit, et ses armes s'entrechoquèrent près de lui. Ulysse et son glorieux fils tombèrent alors sur ceux du premier rang, et les frappèrent de leurs épées et de leurs javelines pointues aux deux bouts[2]. Ils les auraient tous tués et leur auraient coupé la route du retour si Athéna, fille de Zeus qui tient l'égide[3], n'avait poussé un cri et arrêté ainsi le peuple tout entier :

« Cessez, habitants d'Ithaque, cette guerre pénible. Séparez-vous au plus vite, sans effusion de sang. »

Athéna parla ainsi. La peur les fit pâlir. Dans leur affolement ils lâchèrent leurs armes et toutes tombèrent sur le sol, tant avait résonné la voix de la déesse. Ils se tournèrent vers la ville, désireux de vivre. Alors le divin Ulysse qui a beaucoup souffert[4] poussa un cri terrible, et s'étant ramassé sur lui-même, s'élança impétueusement comme un aigle qui vole au haut des airs. Mais le fils de Cronos envoya la foudre fumante, qui tomba devant la déesse aux yeux brillants[5], fille d'un père puissant.

Alors Athéna aux yeux brillants dit à Ulysse :

« Divin fils de Laerte, Ulysse fertile en inventions[6], arrête, cesse ce combat dont les guerriers se valent[7], pour ne pas irriter contre toi le fils de Cronos, Zeus à la grande voix[8]. »

1. En grec, cette expression est rendue par un seul mot. C'est une épithète traditionnelle de la javeline, qui est un petit javelot long et mince.
2. Autre épithète de la javeline.
3. Cf. texte 13 note 6.
4. Cf. texte 18, note 8.
5. Cf. texte 3, note 11.
6. Autre épithète d'Ulysse, presque semblable - mais pas tout à fait - à celle que vous avez rencontrée le plus souvent, « aux mille tours ».
7. Le combat risque donc de durer longtemps.
8. Autre épithète de Zeus. La « grande voix » de Zeus est le tonnerre.

Revers d'une monnaie d'Athènes représentant la chouette d'Athéna, avec deux feuilles d'olivier et les trois premières lettres du nom du peuple athénien
(Bibliothèque Nationale, Cabinet des Médailles, Paris).

Athéna parla ainsi. Ulysse obéit, et se réjouit en son cœur. Des promesses d'amitié furent ensuite échangées entre les deux partis sous l'impulsion de Pallas Athéna, fille de Zeus qui tient l'égide, qui avait pris l'aspect et la voix de Mentor[8].

8. Mentor est un ami d'Ulysse et le précepteur de Télémaque, dont Athéna a pris les traits pour apparaître aux Grecs.

Navire arrivant au port.
Fresque d'Akrotiri, art des Cyclades. Île de Santorin.
XVI$^{e}$ siècle avant J.C.

# SECONDE PARTIE : ACTIVITÉS

## I L'ASSEMBLÉE DES DIEUX

### TEXTE 1 : **Prologue**
(I, vers 1-10)

1. Pourquoi Ulysse n'est-il pas nommé ? Quelle est la périphrase* qui le désigne ? Que signifie-t-elle ?
2. Quels sont les éléments mis en valeur par le poète, et qui permettent de prévoir ce qui va être privilégié dans le récit des aventures d'Ulysse ?
3. À quel moment de l'épopée* se situe l'épisode rappelé ici, c'est-à-dire le moment où périssent les compagnons d'Ulysse ?

### TEXTE 2 : **L'assemblée des dieux**
(I, vers 11-21)

1. Que signifie l'expression « délivrés désormais de la guerre et des flots » ? À quels événements le poète fait-il allusion, selon vous ?
2. Calypso signifie « Celle qui cache ». Pourquoi la nymphe porte-t-elle ce nom ?
3. Le poète dit que les dieux « avaient filé » le retour d'Ulysse à Ithaque. Que signifie cette métaphore* ? À quelle légende fait-elle allusion ?

## TEXTE 3 : **L'assemblée des dieux** (suite) : **Athéna et Zeus**

(I, vers 48-95)

1. Établissez pour chaque personnage (homme ou dieu) une fiche sur laquelle vous noterez les différentes épithètes qui lui sont attribuées par le poète et leur explication. Vous pouvez vous aider d'un dictionnaire de la mythologie grecque.
2. Quels sont les arguments avancés par Athéna pour persuader Zeus ? Celui-ci est-il touché par son discours ? (cf. texte suivant.)
3. Pour quelle raison Poséidon tient-il à venger la mutilation du Cyclope Polyphème ? Quand cette mutilation est-elle racontée ?
4. Dans la dernière réplique d'Athéna se dessinent deux fils conducteurs pour la suite de l'histoire. Lesquels ?

# II TÉLÉMAQUE

## 1. à Ithaque

### TEXTE 4 : **Athéna et Télémaque**

(I, vers 279-305)

1. Quels sont les conseils qu'Athéna donne à Télémaque ? Sur quel ton lui parle-t-elle ? Pourquoi ?
2. Cherchez dans un dictionnaire de la mythologie grecque les renseignements concernant Oreste et Égisthe. Racontez leur histoire en quelques lignes. Pourquoi le rappel de la légende d'Oreste peut-il contribuer à convaincre Télémaque ?
3. Athéna est la déesse de la sagesse : relevez dans son discours les passages qui justifient cette appellation.

### TEXTE 5 : **La tapisserie de Pénélope**

(II, vers 89-110)

1. En quoi consiste exactement la ruse de Pénélope ? Expliquez-la en quelques lignes.
2. Relevez dans le texte tous les éléments qui expliquent le fait que Pénélope ait pu tromper les prétendants pendant plus de trois ans.
3. Quels sont les mots ou les expressions qui expriment la colère d'Antinoos ?
4. Que révèlent les paroles de Pénélope sur la civilisation des Achéens ? Cherchez dans une encyclopédie ou un manuel d'Histoire d'autres renseignements sur cette civilisation. Ce que vous trouvez confirme-t-il ce que nous apprend le texte ?

## 2. à Pylos

### TEXTE 6 : **La traversée**

(III, vers 286-299)

**1.** Quelle est la cause de la tempête ? Quels autres exemples avez-vous déjà rencontrés de l'intervention des dieux dans les affaires humaines ?

**2.** Relevez dans le texte toutes les expressions qui montrent que les difficultés se multiplient pour les Grecs.

**3.** Reproduisez la carte du Sud du Péloponnèse et de la Crète et tracez le périple des Grecs jusqu'au naufrage final.

**4.** Pourquoi, selon vous, le poète donne-t-il un aussi grand nombre de précisions d'ordre géographique ?

---

## 3. à Sparte

### TEXTE 7 : **Le récit d'Hélène**

(IV, vers 240-264)

**1.** À quel épisode de sa vie Hélène fait-elle ici allusion ? Pourquoi rend-elle Aphrodite responsable de ce qu'elle appelle sa folie ? (Vous pouvez consulter, pour répondre, un dictionnaire de la mythologie antique.)

**2.** Le passage entre crochets est parfois considéré comme « interpolé », c'est-à-dire ajouté ultérieurement au texte d'Homère. Quels sont les éléments de ce passage qui peuvent amener à la conclusion qu'il n'est pas authentique ?

**3.** Troie est souvent qualifiée par l'épithète employée ici, « aux larges rues ». Comment la ville apparaît-elle à travers cette expression ? Ne pouvez-vous en déduire une des raisons - probables - de l'expédition des Achéens contre Troie ?

4. Ulysse se déguise pour se mêler aux Troyens. Si vous avez lu les textes extraits de l'*Odyssée* jusqu'à la fin, vous avez pu constater qu'il se déguise encore une fois. À quel moment ? Pourquoi ?

## TEXTE 8 et 9 : **Protée**

(IV, vers 400-458)

1. Relevez dans les deux textes les expressions qui précisent à quel moment de la journée se déroulent les événements. Quelle conclusion en tirez-vous ?

2. Pourquoi est-il important que les peaux qui servent à la ruse proviennent de phoques fraîchement écorchés ?

3. Cherchez le sens du mot « ambroisie » : que désigne-t-il exactement ici ? Est-ce son sens habituel ?

4. Quelle progression constatez-vous dans les différentes métamorphoses du Vieillard ? Quelle est, selon vous, la raison de cette progression ?

5. Ce personnage aux multiples transformations s'appelle Protée, et ce nom propre sert à désigner une personne qui change constamment. Quel est l'adjectif qui a été formé sur ce nom propre ?

# III ULYSSE

## 1. Calypso

### TEXTE 10 : La grotte de Calypso
(V, vers 55 -75)

1. Comparez la description de la grotte de Calypso à celle du palais d'Alkinoos (texte 17). Ces deux lieux sont présentés comme magnifiques mais différents : en quoi consistent leurs différences essentielles ? Quel lieu préféreriez-vous habiter ? (Justifiez votre réponse.)
2. Ulysse vient du pays de Calypso et entre au pays des Phéaciens : quelle peut être, selon vous, la signification de ce passage d'un lieu à un autre, dans l'itinéraire du héros ? Aidez-vous de votre réponse à la question précédente.

## 2. la mer

### TEXTE 11 : Le naufrage d'Ulysse
(V, vers 424-443)

1. Comment le poète insiste-t-il sur les dangers que court Ulysse ? Quel vous paraît être, dans ce contexte, le rôle de la comparaison ?
2. Comment le rôle d'Athéna est-il mis en valeur ? Correspond-il à ce que vous avez déjà appris sur cette déesse ?
3. Relevez dans le texte une expression qui montre que chaque homme a un destin qui lui a été assigné. Comment le texte renforce-t-il cette conviction ?

4. Cherchez au CDI de votre collège des illustrations - différentes de celle qui est proposée ici - qui pourraient convenir pour ce texte.

## 3. chez les Phéaciens

### a. ATHÉNA

### TEXTE 12 : **L'Olympe**

(VI, vers 41-47)

1. Cherchez sur la carte de Grèce l'emplacement du mont Olympe.
2. Définissez en quelques lignes ce lieu idéal que constitue l'Olympe. En quoi s'oppose-t-il au monde des mortels ?

### b. NAUSICAA

### TEXTE 13 : **Nausicaa au lavoir**

(VI, vers 85-109)

1. Comment le poète procède-t-il pour présenter cette tâche comme une partie de plaisir ?
2. Nausicaa est la fille du roi des Phéaciens Alkinoos. Quelles sont les relations qu'elle entretient avec ses servantes ? Quelle conclusion pouvez-vous en tirer sur la « royauté » d'Alkinoos ?
3. Nausicaa n'est pas décrite, et n'est évoquée qu'à travers l'épithète homérique « aux bras blancs ». Quel rôle joue la comparaison avec Artémis dans la présentation de la jeune fille ?

2. Que montrent les paroles d'Échénéos en ce qui concerne les relations du roi Alkinoos et des autres nobles phéaciens ? Quelle conclusion pouvez-vous en tirer ?

3. Comment le poète montre-t-il que la place réservée à Ulysse est une place particulièrement honorable ?

4. Relevez tous les détails qui témoignent de la richesse du roi Alkinoos. Dans quel(s) texte(s) avez-vous déjà rencontré des précisions du même ordre ?

## TEXTE 20 : **Les dieux**

(VII, vers 199-206)

1. Les dieux apparaissent ici comme très proches des hommes. Pouvez-vous citer un ou plusieurs épisodes de la mythologie antique qui témoignent de cette proximité ?

2. Pourquoi Alkinoos rappelle-t-il la parenté des Phéaciens avec les dieux ?

## TEXTE 21 : **Le cheval de Troie**

(VIII, vers 500-520)

1. Quel effet produit la répétition de « il chanta » ou « il dit » dans le récit ?

2. Comment est exprimée dans ce texte l'idée de fatalité* ?

3. Relevez les procédés destinés à montrer la rapidité de la victoire des Grecs.

4. La prise de Troie est-elle racontée en détail ? Le type de récit employé ici vous paraît-il expressif ? Justifiez votre réponse.

## d. LE RÉCIT D'ULYSSE

### - début

### TEXTE 22 : **Ulysse révèle son identité**
(IX, vers 16-38)

1. Pourquoi Ulysse a-t-il autant tardé à révéler son identité ? Qu'est-ce qui le décide à le faire ?
2. Comment se manifeste ici l'attachement à sa patrie ?

### - les Cyclopes

### TEXTE 23 : **Présentation des Cyclopes**
(IX, vers 105-115)

Relevez les caractéristiques du peuple des Cyclopes. En quoi peuvent-ils représenter un état primitif de la société ?

### TEXTE 24 : **Le Cyclope Polyphème**
(IX, vers 364-435)

1. Montrez d'après le texte qu'Ulysse mérite parfaitement ses épithètes habituelles : « prudent » et « aux mille tours ».
2. Relevez les éléments qui montrent que le Cyclope est présenté ici comme une sorte de brute primitive.

3. Que pensez-vous de l'affrontement entre les deux personnages ? Connaissez-vous d'autres exemples où la ruse triomphe de la force ?
4. Cet épisode est un des plus célèbres de l'*Odyssée*. Pourquoi, à votre avis ?

- Circé

## TEXTE 25 : **Circé**

(X, vers 230-243)

Qu'est-ce qui rend la métamorphose des compagnons d'Ulysse particulièrement douloureuse ?

- les Enfers

## TEXTE 26 : **Tirésias**

(XI, vers 119-137)

1. Pourquoi les paroles du voyageur constituent-elles le signe indubitable qu'Ulysse est arrivé où il fallait ?
2. Pourquoi les Grecs considèrent-ils comme remarquable le fait de ne pas connaître la mer et les navires ?
3. L'*Odyssée* d'Homère s'arrête à la vengeance d'Ulysse et au massacre des prétendants. Imaginez une suite qui contiendrait les épisodes prédits ici par Tirésias.
4. Cherchez des renseignements sur le devin Tirésias.

## TEXTE 27 : **Anticlée**
(XI, vers 181-203)

**1.** Qu'est-ce qui rend ce texte particulièrement émouvant ?

**2.** Quelle est, selon ce texte, la fonction d'un roi ?

# - Scylla et les sirènes

## TEXTE 28 : **Description de Scylla**
(XII, vers 85-100)

**1.** Relevez les détails qui rendent Scylla particulièrement effrayante.

**2.** Montrez comment cet épisode a pu donner naissance à l'expression : « tomber de Charybde en Scylla ».

## TEXTE 29 : **Les Sirènes**
(XII, vers 173-200)

**1.** Comment est montré le pouvoir des Sirènes ?

**2.** Quels arguments emploient-elles pour persuader Ulysse ?

**3.** En quoi la ruse suggérée à Ulysse par Circé est-elle habile ? Que permet-elle à Ulysse ?

**4.** Les Sirènes sont, dans l'Antiquité, représentées comme des oiseaux à tête humaine (voir illustration). Que sont-elles devenues par la suite ? Pouvez-vous citer des contes où elles apparaissent ?

## TEXTE 30 : **Scylla**
(XII, vers 245-259)

Rapprochez ce texte du texte 28 : Scylla est-elle un monstre aussi redoutable que Circé l'avait prédit à Ulysse ?

# 4. LE RETOUR À ITHAQUE

## a. EUMÉE

## TEXTE 31 : **La géographie de l'*Odyssée***
( XV, vers 403-414)

1. Retrouvez sur la carte les noms des lieux cités ici. Comment sont-ils présentés ?
2. On retrouve ici, à propos du père d'Eumée, la façon dont sont nommés les personnages dans l'*Odyssée*. Pouvez-vous en citer d'autres exemples ? Quelle(s) conclusion(s) pouvez-vous en tirer ?
3. Eumée est le porcher d'Ulysse. Que peut-on penser de sa fonction exacte d'après ce qu'il nous apprend ici de ses origines ?

## b. IROS

## TEXTE 32 : **Le combat contre Iros**
(XVIII, vers 89-111)

1. Que pensez-vous de la description du combat ? Quelle impression, selon vous, est-elle destinée à produire ?
2. Quelle est la leçon donnée à Iros par Ulysse ? À quel aspect de la civilisation homérique pouvez-vous la rattacher ?

## c. EURYCLÉE

### TEXTES 33 et 34
(XIX, vers 386-394 ; vers 467- 475)

**1.** Pourquoi le poète a-t-il choisi de faire reconnaître Ulysse par Euryclée, et non par Pénélope ?

**2.** Que pensez-vous de la façon dont se déroule cette reconnaissance ? Sur quel(s) aspect(s) insiste Homère ? Pourquoi, à votre avis ?

## d. PÉNÉLOPE

### TEXTE 35 : **Le songe de Pénélope**
(XIX, vers 536-553)

**1.** Précisez en quelques lignes, et en la détaillant plus que ne le fait l'aigle, la signification exacte du songe de Pénélope.

**2.** Les songes étaient considérés dans l'Antiquité comme prémonitoires*. Quels étaient les autres moyens utilisés pour prévoir l'avenir ?

**3.** Que pensez-vous de la façon dont, dans l'*Odyssée*, l'avenir est souvent tracé d'avance ? Quel nom donne-t-on à cette forme de pensée ?

## e. LE CONCOURS

### TEXTE 36 : **Télémaque prépare le concours**
(XXI, vers 118-135)

**1.** Pourquoi le poète donne-t-il autant de précisions sur la façon dont sont placées les haches ?

2. Que montrent les essais répétés de Télémaque ? Pourquoi obéit-il immédiatement à Ulysse ?

3. Quel est le but des paroles de Télémaque ?

## TEXTE 37 : **Ulysse bande l'arc**

(XXI, vers 404-434)

1. Comment est exprimée l'extrême facilité avec laquelle Ulysse réussit l'épreuve de l'arc ? Comment ce succès est-il expliqué ?

2. Expliquez le double sens des paroles d'Ulysse lorsqu'il s'adresse à Télémaque. En quoi consiste ici l'ironie* du héros ?

3. Connaissez-vous d'autres exemples d'épreuves qui, comme celle-ci, ne peuvent être menées à bien que par le héros ? Quelle est, selon vous, leur signification ?

# f. LE CHÂTIMENT

## TEXTE 38 : **La mort d'Antinoos**

(XXII, vers 5-42)

1. Comment sont exprimées la surprise et l'incompréhension des prétendants ? Pouvez-vous les expliquer ?

2. Relevez les différentes expressions qui servent à désigner la mort, et expliquez-les.

3. Pourquoi, selon Ulysse, l'attitude des prétendants est-elle particulièrement répréhensible ?

## TEXTE 39 : **Le massacre des prétendants**

(XXII, vers 297-309)

1. Qu'est-ce qui rend ce récit extrêmement violent ?
2. Comment apparaît ici Ulysse ? Est-il conforme au personnage que vous avez vu jusqu'à présent ?

## TEXTE 40 : **Le châtiment des servantes**

(XXII, vers 446-473)

1. Comparez cet épisode à l'épisode précédent (mort d'Antinoos et massacre des prétendants, textes 38 et 39). Quelles différences constatez-vous ? Quelle(s) raison(s) pouvez-vous en donner ?
2. Pourquoi est-ce Télémaque le maître d'œuvre de la mort des servantes ?
3. Quel est le sentiment qui est absent de tous ces épisodes du chant XXII (textes 38, 39 et 40) et que ne semblent pas connaître les héros de l'*Odyssée* ?

# g. LES RETROUVAILLES

## TEXTE 41 : **Le lit**

(XXIII, vers 174-208)

1. Expliquez en quelques lignes comment, selon vous, Ulysse a construit son lit.
2. Pourquoi a-t-il d'abord construit la chambre ? Sur quelles caractéristiques de cette chambre insiste-t-il ? En quoi tous ces détails sont-ils importants pour l'histoire ?

3. En quoi consiste le piège tendu par Pénélope pour éprouver Ulysse ? Pourquoi le poète dit-il que la réponse d'Ulysse fournit à Pénélope des « signes évidents » ?

4. L'olivier est l'arbre sacré d'une divinité : laquelle ? Pourquoi Ulysse a-t-il choisi de construire son lit et sa chambre à partir d'un tronc d'olivier ?

## TEXTE 42 : **Les retrouvailles avec Laerte**

(XXIV, vers 321-348)

1. Comparez ce texte au texte précédent : quelles sont les ressemblances et les différences entre les deux scènes ?

2. De quel jardin déjà évoqué pouvez-vous rapprocher le jardin de Laerte ? Lequel des deux paraît être le plus riche ? Quelle conclusion en tirez-vous ?

# h. LE DÉNOUEMENT

## TEXTE 43 : **Athéna et Zeus**

(XXIV, vers 467-488)

1. Pourquoi les dieux désirent-ils que la paix règne désormais à Ithaque ? Quel rôle jouent-ils ici ? Ont-ils toujours agi ainsi auparavant ?

2. À quel moment Athéna a-t-elle formulé la demande que rappelle ici Zeus ? Pourquoi selon vous, à travers les paroles de Zeus, le poète évoque-t-il de nouveau cet épisode ? (Vous tiendrez compte de la place qu'occupent dans l'œuvre les deux passages concernés.)

## TEXTE 44 ; **Le dernier combat**
(XXIV, vers 520-547)

1. Quel rôle joue Athéna dans cet ultime épisode de l'*Odyssée* ? Correspond-il, selon vous, à l'image que l'on donne traditionnellement de cette déesse ?
2. La mort d'Eupithès avait été annoncée précédemment : à quel moment ? Pourquoi le poète a-t-il procédé ainsi ? Quel est l'effet produit ?
3. Que signifie selon vous la foudre de Zeus dans cet épisode ?
4. Comment expliquez-vous la joie d'Ulysse à la fin de l'épisode ?
5. Que pensez-vous de ce dénouement ?

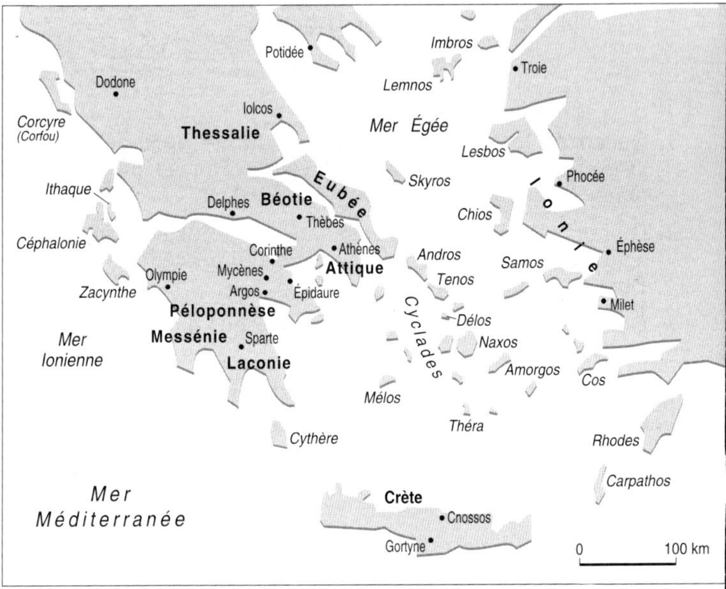


Le monde égéen
à l'époque
créto-mycénienne

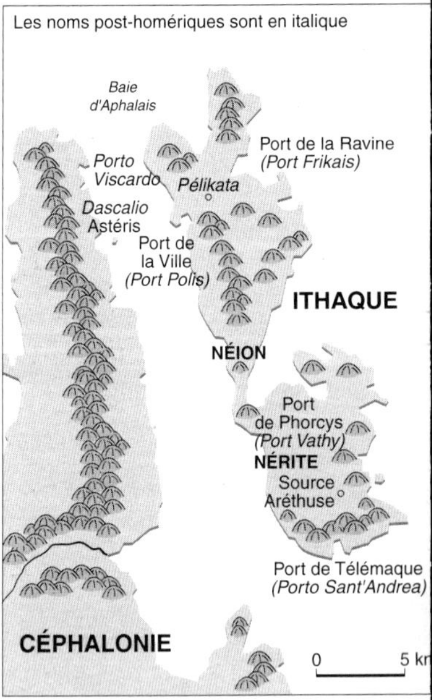


L'île d'Ithaque

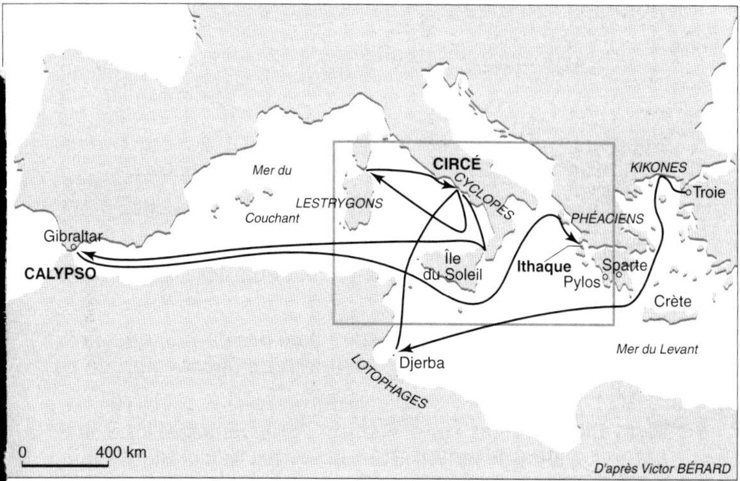


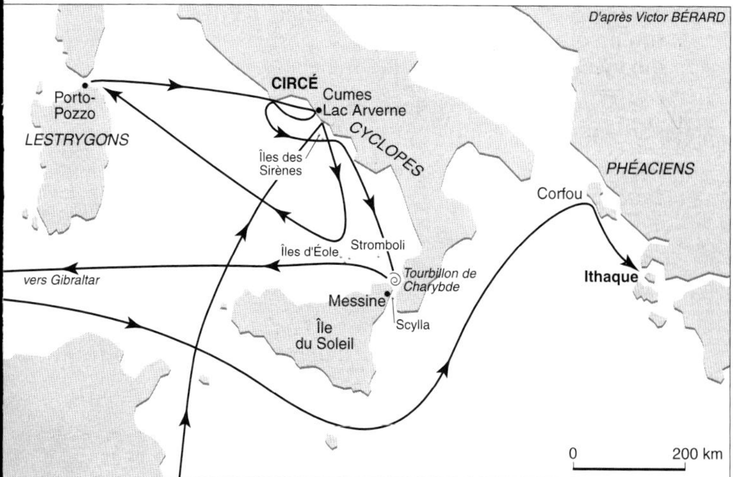


Le périple d'Ulysse

# INDEX

**Épopée :** (n.f.) Récit, en vers ou en prose, qui raconte les exploits d'un héros et où intervient le merveilleux*.

**Étymologie :** (n.f.) Étude scientifique de l'origine des mots.

**Fatalité :** (n.f.) **1.** Force surnaturelle qui semble déterminer d'avance le cours des événements. **2.** Caractère inévitable de quelque chose.

**Ironie :** (n.f.) Raillerie consistant à ne pas donner aux mots leur valeur réelle ou à faire comprendre le contraire de ce qu'on dit.

**Merveilleux :** (n.m.) Intervention de moyens et d'êtres surnaturels dans une œuvre littéraire, en particulier dans l'épopée*.

**Métaphore :** (n.f.) Procédé par lequel on donne à un mot une signification qui ne peut s'expliquer qu'en vertu d'une comparaison sous-entendue.

**Métonymie :** (n.f.) Procédé par lequel on désigne un objet (ou un être vivant) par un terme désignant quelque chose qui lui est relié par une relation nécessaire et évidente.

**Périphrase :** (n.f.) Expression, formée de plusieurs mots, par laquelle on remplace un mot unique.

**Prémonitoire :** (adj.) Qui annonce, qui laisse présager un événement à venir.

**Trilogie :** (n.f.) Dans la Grèce antique, ensemble de trois tragédies que devaient présenter les concurrents dans les concours dramatiques, et qui formaient un ensemble lié par le sujet traité et la chronologie.

**Utopie :** (n.f.) Construction d'une société imaginaire et idéale.

Achevé d'imprimer : 4810 - Compédit Beauregard S.A./61600 LA FERTÉ-MACÉ
N° d'Imprimeur : 31461 - Précédent Dépôt légal : Septembre 1997
Dépôt légal : mai 1998 - *Imprimé en CEE*